「ァ、ああ……んんっ。久、瀬……久瀬っ。い…ああっ」
「相楽。どうしてほしい？　言ってくれ。そのとおりにするから」　（本文より抜粋）

DARIA BUNKO

溺愛社長と子育てスケッチ

雨月夜道

ILLUSTRATION 明神 翼

ILLUSTRATION
明神 翼

CONTENTS

この作品はフィクションです。

実在の人物・団体・事件などに一切関係ありません。

溺愛社長と子育てスケッチ

茜色《あかねいろ》の空に赤蜻蛉《あかとんぼ》が舞う秋の夕暮れ時。色づいた山々に囲まれた小学校の校庭は、友だち同士連れ立って帰路に就く生徒たちで溢《あふ》れている。

「これから何して遊ぼうか？」

「宿題面倒くさいなあ」

思い思いのことを口にしながら、校門をくぐっていく。

そんな喧噪から離れた校庭裏にある茂みの中に、一人入っていく生徒の姿があった。

歳の頃は八歳くらい。小さな体。癖のある、柔らかなふわふわ髪。目許が垂れたおっとり顔。この学校の生徒である相楽莞介《さがらかんすけ》だ。

顔と同じくおっとりした動きで茂みに分け入ると、莞介はあたりをきょろきょろ見回した。

「えっと……確か、このあたりに……あ」

不意にあたりが明るくなったので上を見ると、枝に羽根が光り輝く鳥が一羽止まっていて……いや。一羽といっていいのだろうか？　その鳥には頭が二つあったから。

「こんにちは」と声をかけると、二つの頭がこちらを向いた。

『アラ？　イラシタノ？』

『本当ニイラシタノ？』

「うん。でね、鳥さんたちのね、絵、描かせてね。鳥さんたちきれい過ぎて、おれ、ちゃんと口で言えないから、絵に描いて、友だちに見せたい……あれ？」

背負っていたランドセルから自由帳を取り出し、のんびり言っていた莞介は、あるものを見つけて、目を見開いた。鳥の肢《あし》に棘《とげ》が刺さっている。

「もしかして取れないの？　なら、おれが取ってあげるね」

ちょっと痛いけど我慢してね。そう言って、そっと棘を抜いてやる。血が滲《にじ》んできたからハンカチを巻いてやると、鳥は『アリガトウ！』と羽根を羽ばたかせた。

「これくらいいーよ。じゃあ、絵描かせてね！」

クレヨンの箱を開きつつ言うと、鳥はそれぞれ「くあくあ」啼いた。

『上手ニ描イテネ』

『素敵ニ描イテネ』

きらきら光る羽を広げてポーズを取る。

莞介は「ありがとうございます」と、頭を下げて、クレヨンを手に取った。

一つ目小僧《ひとつめこぞう》や河童《かっぱ》も、絵を描かせてくれと言ったら、快くポーズを取ってくれたが……本当のおばけは皆親切で優しくて、愛嬌《あいきょう》たっぷりでとても可愛い。母が絵本で読んでくれた、怖くて意地悪なおばけとは大違い。

だから、特段好きではない絵を描いてでも、彼らの良さを友だちに伝えたかった。

お話しが下手くそな自分にはとても説明しきれないから。

（きれいって、言ってくれるかなあ？）

言ってくれたら嬉しいなあ。

おっとり顔にほのぼのとした笑みを浮かべ、クレヨンを紙面に走らせていると、

「かんちゃん、最近変てこなうそ言わなくなったな」

どこからか声が聞こえてきた。この声は、保育園の頃からの友だちの……。

「おばけを見たってやつ？　そういや言わなくなったな。ようやく、皆にわらわれてるって気づいたのかな？　ホントばっかだよなあ。おばけなんかいるわけないのに。コドモかよ！」

「……っ」

「うちのばあちゃんは信じてたよ？　かんちゃんって池でおぼれてから変になったろ？　あの池、昔死体を投げ込んでたから、池の中に住んでるおんりょうにノロわれたんだって！」

「母さんは、心のビョーキだって言ってたよ？　かんちゃんは池でおぼれて死ぬほど怖い目にあったから、どっか壊れちゃったんだって。言わなくなったんなら、治ったのかな？」

「だったらついでにどんくさいのも治してもらえばよかったのに。あれこそビョーキじゃん！」

げらげら笑いながら通り過ぎていく。動かしていた手許が、止まってしまう。

（みんな……おれのこと、そう……思ってたんだ）

のんびり屋な性格が災いしたのか、それとも運動音痴なせいか。昔から何をやるのも人より遅くて、とろいとろいと言われてきた。

それに、二カ月前池で溺《おぼ》れて以来なぜか見えるようになったおばけの話をした時も、そんな

もの見えない。おばけなんかいるわけないじゃないか。そう、ぴしゃりと言われてはいた。

けれど、まさかあそこまでのことを思われていたなんて――。

鼻の奥がつんとなった。涙も込み上げてきたから、きゅっと唇を噛み締めて項垂《うなだ》れていると、

「相楽」という呼び声が耳に届いた。

顔を上げると、黒縁眼鏡をかけた、利発そうな顔立ちの男の子が息を切らして立っていた。

「よかった。ここにいたんだ……あ。ふふ。頭に葉っぱがついてるよ……？　どうしたの？」

「な……何でもないよ、久瀬《くぜ》。でも、えっと……っ」

先ほど聞いた言葉が胸につかえて、上手《うま》く喋れないでいると、莞介の頭についた葉っぱを優しく払ってくれていた眼鏡の男の子、久瀬千景《ちかげ》が自由帳を覗《のぞ》き込んだ。

「絵描いてるの？　わあ！　この鳥さん、頭が二つある」

「あ……う、うん。そうなんだけど、えっと……」

自由帳を引っ込めようとしたが、久瀬はさらに絵を覗き込んで首を捻《ひね》った。

「このおばけ、図鑑に載ってなかったなあ。何て名前だろう？」

「え？　図鑑……読んだの？」

目を丸くしながら尋ねると、久瀬はランドセルから『ようかいずかん』と書かれた絵本を取り出し、かざして見せた。

「うん。おれ、おばけ見えないからね。図書室で借りてきたんだ。そうしたら、もっと相楽が

教えてくれるおばけのこと、分かるかなって思って」

実に生真面目な声で言う久瀬に、莞介は目を白黒させた。

「そ、そう……なんだ」

（おれのお話聞いて、本まで借りてくれたのっ？）

皆は、へたっぴな嘘《うそ》っぱちって馬鹿にするだけだったのに。と、内心そわそわしていると、

「この鳥さん……たち？　羽根の色とってもきれい。相楽、絵上手なんだね」

満面の笑みで言われて、莞介はどぎまぎした。

久瀬はいつも色んなことを自然に褒めてくれる子で、今まで数えきれないほど褒めてもらったが、いまだに慣れなくて毎回照れてしまう。

「そ、そう……？　へへ」

頭をくしゃくしゃ掻《か》きつつ訊《き》き返すと、久瀬は大きく頷《うなず》いた。

「うん！　こんなに上手なら、もっといっぱい描けばいいのに。でも、何で突然？　絵描くの、別に好きじゃなかったよね？」

「！　そ……それは……く、久瀬に、見せたくて」

「え……？」

目を見開く久瀬に、莞介は赤くなった顔を俯《うつむ》けてもじもじした。

「お、おれ、お話し下手だから、見えてるおばけ、ちゃんと上手く言えないだろ？　だから、

絵で描いたら分かるかなって……」

「もしかして、他の絵も……描いてくれたの？　おれの、ために？」

おずおず頷くと、久瀬は瞳を揺らして俯いた。それから少し間を置いて、莞介と同じように体をもじもじさせながら「ありがとう」と呟《つぶや》いた。

「他の絵も、見ていい……？」

小さく頷いてみせると、久瀬はもう一度「ありがとう」と礼を言って、昨日頑張って描いた絵が描かれたページをめくり始めた。

「これ……バス停近くで見たって言ってた一つ目小僧？　こっちが、川で見た河童？　ああ……こんなんだったんだあ」

みんな可愛いね。と、一枚一枚丁寧に絵を見てくれる久瀬に、顔が燃えるように熱くなって、莞介はまた頭を掻いた。上手と褒めてもらえたこともそうだが、自分が伝えたかった姿が伝わったことに、胸が激しく高鳴ったのだ。

一生懸命描いてよかった。心からそう思ったが、ふと……莞介は首を傾《かし》げた。

どうして、久瀬は自分のことを嘘つきだと言わないのだろう？　久瀬だって他の皆みたいに、今目の前にいる不思議な鳥も、一つ目小僧も河童も何も見えないのに。

「ねえ、久瀬。どうして……おばけが見えないのに、おれの言うこと、信じてくれるの？」

思い切って尋ねてみた。

久瀬は自由帳から顔を上げ、目をぱちぱちさせた後、こう言った。

「おれ、目が悪いからよく言われるんだ。『お前には見えないけどちゃんとあるよ』って」

確かに、久瀬は目が悪く、眼鏡を外すと遠くのものはぼやけて何も見えないと言っていた。

でも、見えないのは久瀬だけじゃないしなあ。そう思っていると、その疑問を見透かしたように、久瀬は続けてこう言った。

「それに、空気やバイキンは？　あれは皆だって見えないけどあるでしょ？」

はきはきとした久瀬の説明に、莞介は目を輝かせた。

「あーそっかあっ。すごい！　久瀬頭いい！」

さすが、テストで毎回百点を取るだけのことはある！　莞介が感嘆の声を上げていると、

「それから……相楽はこういう嘘、絶対言ったりしない」

だから、相楽がいるって言うならいるんだ。

自然な口調でそう付け足してきたものだから、莞介は耳まで真っ赤になった。

保育園の頃からの友だちにさえ、散々嘘つきと言われてきたから、そう言い切ってもらえて、すごく嬉しかった。

それなのに、久瀬はしゅんと眉《まゆ》を下げて俯いてしまった。

「久瀬？　どうしたの……」

「昨日さ。宿題が出たでしょ？　自分の名前の意味を調べてきなさいっていうの」

莞介は思いきり首を捻った。

「え？　そんなの出てたっけ？　……忘れてた！　はは」

「相楽の名前の莞の字はね、畳を作るのに使う『いぐさ』なんだって」

「畳！　へえ、そうなんだ！　おれ、畳の上でお昼寝するの好きだから嬉しいなあ……」

「それから、『にっこり笑う』『素直で笑顔が溢れる素敵な人』って意味」

「……へ？」

「……うん、相楽にすごくぴったり」

続けてしみじみと言われたその言葉に、莞介は目をぱちぱちさせてすぐ、頬《ほほ》を染めた。

「す、すてき？　……そ、そうかな？　へへ……」

「それで……おれの名前は、『たくさんの景色』って、意味なんだって。たくさんきれいな景色を見て、いっぱい幸せになってねって。でも……おれ、目が悪くて眼鏡がないと見えないし、かけても、相楽が教えてくれるおばけが見えなくて……全然ぴったりじゃない！」

きれいな景色なんて、何も見えない！

突然声を荒げる久瀬に莞介がびっくりしていると、久瀬はきゅっと唇を噛んだ。

「……ごめんね？　相楽、別に絵を描くの好きじゃないのに、こんなにたくさん描かせて」

大変だったでしょ？　ますます俯いてそんなことを言う久瀬。莞介はぶんぶん首を振った。

「そ、そんなことない！　久瀬は、何も悪くないよ。それに、おれ……絵描くの、楽しかったよ？　久瀬に、おれが見てるおばけたち、見せられるって思ったら。それに……おれの絵、上手だって、『こんなんだったんだ』って言ってもらえて、すごく嬉しかった」

そう。ただただ楽しかったし、嬉しかった。だから。

「また、おれの絵、見てくれる？　……お、おれ、もっと練習して上手になるから」

前のめりになって言うと、久瀬は驚いたように目を見開いたが、すぐにくしゃりと微笑《ほほえ》んで頷いてくれた。その笑顔に、莞介も笑顔になった。

そして、思った。誰に分かってもらえなくても、久瀬さえ分かってくれているならいいと……心の底から。

その想いは、ずっと変わらなかった。もう会えなくなってしまった今だって、そう。

だから、自分は——。

＋＋＋

都内某所に建つとあるマンションは、モダンで立派な造りであるにも関わらず、心霊スポットとして有名な建物だった。

物が独りでに動き出すポルターガイスト。そこかしこから聞こえてくる物音。暗がりからこちらを見つめてくる無数の光る眼玉。様々な噂《うわさ》がまことしやかに囁《ささや》かれている。

中には、びっくりするほど安い家賃に引かれて「そんな噂でたらめだ！」と笑い飛ばして入居する者もいたが、実際にその現象を目の当たりにして逃げ出す……というのが日常茶飯事だ。

そんなマンションの一室のリビングから、テレビの音声が漏れ出る。

『それでは、今週の漫画売り上げ部門の一位は……ＳＮＳ発の妖怪癒やし漫画「狛犬《こまいぬ》兄弟は今日もほわわわん第三巻」です！　猫又《ねこまた》「ナツメ」の家にホームステイすることになった狛犬兄弟「あくび」と「くしゃみ」を描いた日常系漫画で、愛らしい狛犬兄弟の和やかな日常描写や、現代日本に生きる、昔ながらの妖怪たちの悲哀や苦労の描写が人気を博し書籍化。そして、今回も見事一位に輝きました！』

『あーあたしこれ知ってますぅ。超可愛くて癒やされるんですよ。ふわふわぽこぽこしてて。でも、狛犬ちゃんたちがホームステイすることになった理由が、超泣けるんですぅ。住んでた神社を取り壊されたせいで、ご主人様の神様の力が弱っちゃったんです。その神様が天に戻るための力をあげちゃったから、狛犬ちゃんたちだけ天に帰れなくなっちゃって、不憫《ふびん》に思った猫又ちゃんが二匹を引き取って……』

『ああ！　続きはぜひ、本を買って読んでくださいね！　また、この本に登場する同居人の猫又「ナツメ」主役の漫画「猫又ナツメは今日も言葉のお勉強」なども好評発売中で……』

という音声が流れ続ける。そのリビングの二つ隣にある洗面所では――。

『いぐさ先生！　やりましたよ！』

スピーカー設定がオンになったスマートフォンから、男の興奮気味な声が響き渡る。

『「狛犬兄弟は今日もほわわわん」重版かかりました！』

「……え？　も、もう？」

スマートフォンのそばで柔らかな癖っ毛をブラシで梳《す》いていた、痩身《そうしん》にゆったり目の白いセーターを着た若い男が声を漏らす。

『狛犬兄弟は今日もほわわわん』の作者「畳《たたみ》いぐさ」こと、相楽莞介だ。

「ま、まだ、発売して一週間も経ってないですよ？　それなのに」

『そうなんです！　思い切ってかなり多めに刷ったんですけど、嬉しい誤算です！　本の注文は勿論、グッズ依頼も殺到してます』

「……は、はあ」

戸惑いの声を漏らす莞介に、通話相手の担当編集は『あれ？』と訝《いぶか》しげな声を上げた。

『先生。何です、その気のない返事は』

「い、いえ、その……実感が湧《わ》かなくて、えっと……」

『何言ってるんです！』

言い淀む莞介の言葉を、編集はぴしゃりと遮《さえぎ》った。

『先生の作品は素晴らしいです！　絵柄は素朴で、温かみがあって可愛いですし……何よりね、とにかくキャラがすごくいいんですよ』

「キャラ……」

『はい！　狛犬兄弟もそうですが、ナツメや、時々出てくるチョイ役まで、皆可愛くて愛嬌があるんですけど、全然あざとくなくて……何というか、本当に存在していそうなほどリアルなんです。だから、彼らが幸せそうにしているとこちらも気持ちが温かくなるし、辛い目に遭《あ》って悲しそうにしていると、ぎゅっと胸が詰まる……』

「ふははあ！　分かっているではにゃいか！　……あ！」

「ばうばう！　ばうば……むぐっ！」

『へ？　あの、今何か子どもの声と犬の鳴き声が……』

「あ、ああ！　親戚の子どもが犬を連れて遊びに来てるんです！　それで……すみません。これからちょっと予定がありまして、後の話は後日かメールで送ってもらってもいいですか？」

とっさにスピーカー設定をオフにして、早口にまくし立てると、通話相手の担当編集は『そうなんですか！』と慌《あわ》てた声を上げた。

『すみません、そんな時にお電話して。では、後ほどメールでお送りします。でも先生、これから忙しくなりますよ！　覚悟しておいてくださいね』

「はい。ご丁寧に電話で知らせてくださってありがとうございました。重版できたのも、森口《もりぐち》さんたちのおかげです。これからも引き続きよろしくお願いします……はい。では……はあ」

丁重に礼を言って通話を切った後、莞介は大きく息を吐いた。

よかった。上手く誤魔化《ごまか》せた。普通の動物から妖怪になったタイプや石像を依り代にしている神獣は、人間に見えるし、声も聞こえるからなあ……と、胸を撫《な》で下ろし、振り返る。

そこには、大型犬くらいの大きさに、紅白の太い紐《ひも》を背中で蝶々《ちょうちょう》結びに巻いた、実に立派な眉毛をした黄色と白の狛犬二頭と、尻尾が二本生えた虎猫《とらねこ》が、両前肢で口許を押さえてもじもじしている。

「皆さん、大丈夫ですよ。上手く誤魔化せました」

そう言ってやると、同居している猫又のナツメと、狛犬兄弟のあくび、くしゃみはほっと息を吐いた。

「すまにゃい。ついうっかり。しかし、すごいぞ、莞介！　この前テレビが言っていた。このご時世に、じゅーはんだにゃんて大したものであると。にゃあ？」

ナツメの問いかけに、お座りしたあくびたちが赤べこのように頷くので、莞介は苦笑した。

「ありがとうございます。でも……すごいのはナツメさんやあくびさん、くしゃみさんたちですよ？　ほら、編集さんが言っていたでしょう？　とにかくキャラがいいって。俺も……そう思います。俺はただ、皆さんのありのままを描いてるだけですから」

そう言うと、ナツメたちは耳の中を真っ赤にして、ぼんっ！　と、体中の毛を逆立てた。

「あ、ありのままっ？　あれがっ？　莞介は目がおかしいと見える。吾輩《わがはい》はもっと凛々《りり》しく格好いいぞ！　しかし……むむん」

　二本の尻尾をぶんぶん振り回しつつ、早口にまくし立てていたが、ふと唸《うな》ったかと思うと、莞介のズボンの裾《すそ》を両の前肢でふみふみした。

「莞介の目がおかしくてもにゃんでも、莞介は野垂《のた》れ死《じ》ぬより他なかった我らを救い、手厚く面倒を見てくれる恩人である」

「え？　そんな……恩人だなんて言われるようなこと、俺は何もしてませんよ？」

　四年前、車に轢かれて道端に倒れていたナツメを救ったのは、獣医の地縛霊。二年前、主の神様のために力を使い果たして消えかけていたあくびたちに生気を分けて救ったのは、このマンションに住む妖怪たち。

　自分はただ、偶々《たまたま》現場に居合わせて、ナツメたちを彼らの許に運んだだけ。この程度で、恩義など感じることはない。

　面倒を見てくれるというのも……確かに衣食住を提供してはいるが、自分は色々抜けているため助けてもらうことのほうが圧倒的に多く、むしろ礼を言わなければならないのは自分のほう。そう言っても、ナツメたちは頑なに首を振る。

「莞介がにゃんと言おうと、莞介は我らの恩人である！　そして、大事にゃ大事にゃ家族である。だから、とにもかくにも莞介の役に立てるにゃら嬉しい。莞介が裕福ににゃるのは勿論のこと、これから会うおさにゃにゃじみに胸が張れる助けにちょっとでもにゃれば……」

きょとんとする莞介を、ナツメは前肢の先でつんつんした。

「分かっているのだぞ。お前、おさにゃにゃじみが……大砲をぶっぱにゃす黒船に乗った赤ら顔の大天狗《だいてんぐ》が跋扈《ばっこ》するメリケン帰りにゃことに気後《きおく》れしているだろう？」

「え？　いや、英語を話せてすごいとは思いますけど……というか、ナツメさんが考えるアメリカ、とっても楽しそう……いてっ」

想像して笑っていたら、「はにゃしを逸《そ》らさにゃい！」と肉球パンチされた。

「気にしていにゃいなら、十二年ぶりの再会は嬉しいばかりのはず。それだというのに、『にゃに着ていけばいいか分からにゃい！』と延々にゃやんで、結局吾輩に決めてもらったくせに！」

「あ……そ、それは、なんていうか……はは」

頭をくしゃりと掻き、はにかむ。一番の親友に逢うわけだから、あんまり気取らない感じで……いや、そうはいっても十二年ぶりなんだから、ちゃんとしたほうが……と、あれこれ考えあぐねていた自分を改めて思い返すと、恥ずかしくなったのだ。

「こら！　せっかく整えた頭を弄《いじ》らにゃい！　全く！　逢うと決めたからには、ぐだぐだ考えるにゃ！　お前がそんにゃだから……吾輩は、こんにゃものを用意したのだぞ？」

ナツメが続けてそう言うと、それまでお座りしていたあくびがすっくと立ち上がり、くるりと後ろを向いた。大きくてもふもふの尻尾に、袋が引っかけてある。

袋を手に取り開けてみると、中から出てきたのは深い赤色のベレー帽。

「それは、吾輩がネット通販にゃるものを駆使して取り寄せたものである。漫画家といえば、やはりベレー帽である！」

ナツメが鼻息荒く力説するので、莞介はぎょっとした。

（ナツメさん、そんなこと知ってるのっ？　というか、ネット通販なんてできたのっ？）

一緒に住み始めた四年前は人語も喋れなかったのに、一体いつの間に？　驚いたが、ベレー帽と一緒に入っていた、よれよれの千円札三枚を見つけて瞬きした。

これは？　尋ねると、「吾輩のへそくりである」と、ナツメは胸を張った。

「贈り物の代金を、贈る相手に出させるにゃど無粋である。あと、釣りはいらんからにゃ。遠慮にゃく取っておくように！」

「え……でも」

「よいのである！　いいか。これでお前は、にゃか身も見た目も……メリケン帰りの大天狗にだって負けにゃい、立派にゃじゅーはん漫画家である。引け目にゃど感じず、久しぶりの友との逢瀬《おうせ》を楽しんでくるのである」

「ばうばう！　ばうばう！」

ナツメの応援に合わせ、あくびたちも啼きながら盛大に尻尾をぶんぶん振ってみせる。

そんな彼らに見送られて、莞介は部屋を出た。

階下への廊下や階段を通る際も、このマンションに住んでいる顔馴染みの妖怪たちが皆、通り過ぎるたび「今日は昔馴染みに逢うんだろう？　楽しんできてね！」と声をかけてくれた。

莞介は、鼻の奥がつんとなった。

怖い妖怪もいるというが、自分の周りにいるのは温かい妖怪たちばかり。

とてもありがたい、幸せなことだと思う。でも……。

莞介は、自分のこれまでのことを思い返した。


子どもの頃の自分は、とろいこと以外は特筆すべきところが何もない、平々凡々な子どもで、極々普通の日常を生きていた。

しかし、八歳の時、誤って近所の池に落ちて以降、普通の人間には見えないものが見えるようになったことで、それまでの人生が大きく変わった。

愛嬌たっぷりの愛らしいおばけたち。夢のように美しい神々と神獣たち。

新しく開けた世界は、莞介にとってとても魅力的だった。

あまりにも素晴らしいから皆に教えたくなって、自分が話し下手なのも忘れ懸命に説明した。

でも、誰も信じてくれなかった。それどころか、嘘つき呼ばわりされて、嗤《わら》われるだけ。

兄弟たちからは、「お前が変なことを言うから俺まで馬鹿にされたじゃないか。もう喋る

な」とげんこつとともに怒鳴りつけられ、両親も……頭ごなしに否定はしなかったが、莞介を心療内科に連れていった上に、

――かんちゃんは、おばけは優しいって言うけどね。本当はおばけってとっても怖くて、悪い奴らなの。だから、話しかけるのも近づくのも駄目。誰かに話すのも絶対に駄目。おばけは自分たちの話をしている人間のところに寄ってくるんだから。

ひどく引きつった笑顔で、何度も何度も、きつく言われた。そんなことないと否定すれば、何だかよく分からない苦い薬を、毎日無理矢理たくさん呑《の》まされた。

お前がそんなことを思うのは悪い悪いおばけの仕業。この薬はそのおばけをやっつけるための薬だから、我慢して呑めと、それこそ……鬼の形相《ぎょうそう》で。

人間は、目に見えるもの以外は絶対に信じない。そして、好きな人を悪い奴だと言われるのは、とっても辛くて悲しい。そのことを、嫌というほど思い知らされた。

誰も、自分のことを分かってくれない。受け入れてくれない。

そんな中、ただ一人、莞介の言葉を信じてくれたのが久瀬千景だった。

久瀬は、小学校一年生の時に引っ越してきた転校生だ。

田舎町には不似合いな、品よく大人びた久瀬の風情に、周囲は得体の知れないよそ者が来たと警戒していたようなのだが、色々と鈍い自分はそういう微妙な空気など気づきもせず、ボール遊びの相手を探していた時に偶々見かけ「一緒に遊ぼう」と声をかけた。

久瀬は驚きながらも快く受け入れてくれて……以来、友だちになった。

そうして分かったのだが、久瀬は今まで遊んだどの子とも違うタイプの男の子だった。

普通の男の子が好みそうな運動や戦隊ヒーローごっこなどにはあまり関心がなく、本を読んだり、綺麗な蝶や花を探したりすることを好んでいた。運動音痴で荒っぽいことが嫌いな莞介にとっては、そちらの遊びのほうがずっと楽しかったし……運動も勉強も苦手な莞介を馬鹿にもしなければ、何をするにも遅いことを怒りもしなければ急かしもせず、笑顔でのんびりと待ってくれる久瀬のそばは、非常に居心地がよかった。

おばけが見えるようになってからもそう。

久瀬は莞介の話を「相楽がいるって言うならいるんだ」と言ってくれた。

「おばけは悪い奴だから絶対関わってはいけない。話してもいけない」と、親からきつく言われたと泣きながら話せば、

――相楽はどう思う？　おばけ、悪い奴らだって思う？

自分は、どうしてもそうは思えないと首を振ると、久瀬はまたこう言い切った。

――おばけが見えないし、話せもしないおばさんの言うことより、おばけがちゃんと見えて、お話しできる相楽のほうを、おれは信じる。だから、おれにはおばけのお話をしていいよ。それでおばけが寄ってきても、相楽がいい人たちだって言うなら怖くないし、嫌じゃないから。

久瀬はいつも分かりやすく理由を説明してから褒めたり意見を言うので、説得力があった。

この時も、確かに久瀬の言うとおりだと納得し、安心して久瀬に妖怪の話をすることができた。

口下手で拙《つたな》い莞介の話を、久瀬は辛抱強く聞いてくれた。わざわざ図書館や本屋を巡り、妖怪について調べ回ってもくれた。莞介が見ている世界を少しでもたくさん知りたいと。

そんな久瀬に、大好きな妖怪の話をしながら絵に描いて見せる時が、莞介はたまらなく好きだった。

今この瞬間だけは、久瀬と自分は同じ世界を見ている。そう思えて、嬉しかった。

毎日、一生懸命絵の練習をした。上手くなればなるほど、久瀬が見える世界と自分のそれがより完璧に重なっていくと思えたから。

そのための努力なら楽しいばかりだったし、久瀬にしか妖怪の話をできなくても辛くなかった。

久瀬さえ分かっていてくれれば、それでよかった。

それなのに小学六年の時、久瀬が親の都合で遠くの街に引っ越すことになってしまった。遠くの病院で療養していた父親が完治したので、父親の実家に戻って皆で暮らすのだとか。

半身をもぎ取られたように、心が悲鳴を上げた。

泣き叫びたかったが、しなかった。自分がそうするより前に、久瀬が泣き出したのだ。

嗚咽《おえつ》一つ漏らさず、はらはらと涙を零《こぼ》し続けるだけではあったが、莞介にはひどく痛々しく見えた。久瀬が泣く姿なんて初めて見たから。

思わず久瀬に抱きついて、一生懸命慰めた。とはいえ結局、

――これからもずっと、おれの一番は……相楽だよ。だから、おれも相楽の一番……の、友だちで、いさせてね？

突然、久瀬がぎゅっと抱き締め返してきたかと思うと、くぐもった声でそう言ってきた途端、自分も泣いてしまったが。

自分も、久瀬が一番の友だちだ。これから先だって、きっとそう。だから、久瀬も同じ気持ちでいてくれたことがたまらなく嬉しい。

久瀬はいつだって、自分がほしい、ほっとできる言葉をくれる。

でも、逆に……自分は久瀬に対して、そんな言葉をかけたことがあっただろうか？

全然覚えがなくて、何とも心苦しくなった。

今度逢う時までには、久瀬に優しい言葉をかけられる友だちになれるよう努力しよう。

そう思っていたのに、久瀬が引っ越した翌日。久瀬の携帯電話に通話もメールも繋《つな》がらなくなった。そのまた翌日には、「この番号は現在使われておりません」という音声が流れ始めて
――。

どうして？　あんなに……電話じゃお金がかかるから、物足りないけど毎日メールしようねって、言い合っていたのに。

意味が、分からなかった。

（久瀬は、おれのこと嫌いになったの……？　それとも、新しい友だちができて、おれのことどうでもよくなった……？　いや！）

久瀬は、これからもずっと莞介が一番の友だちだと言った。久瀬がそう言うのだから、自分たちは一番の親友同士だ！　連絡が取れなくなったのは、何か事情があるからだ。……でも。

相反する二つの感情で、莞介の心はぐちゃぐちゃになった。

それも辛かったが、何より辛かったのは、久瀬と連絡を取る手段が何もないこと。

まずいことに、久瀬が引っ越した数カ月後に、莞介の家も引っ越す運びになったものだから、全身の血の気が引いた。

仲良くなった妖怪たちと別れることも辛かったが、さらに久瀬との距離が遠のいてしまうなんて――。

もう、永久に久瀬に逢えないのか。

絶望的な状況に打ちひしがれる。そんなある日のこと、莞介は学校である授業を受けた。

SNSについての説明だった。最近、SNSを利用する生徒が増え、トラブルが多発しているので注意喚起のためとのことだったが、莞介はその存在に目を輝かせた。

自分の情報を全世界に公開できる？　じゃあ、自分の絵をネットにアップしたら……もしかして、久瀬も見てくれるのでは？

真っ暗闇に、ぱあっと光が差し込んだ気がした。

久瀬は莞介の絵を誰よりも見てくれていて、大好きだと言ってくれていた。見たらきっと気づいて連絡してくれるはず！

それからというもの、莞介は「畳いぐさ」というハンドルネームで、自分の描いたイラストを掲載し始めた。

本名で掲載したほうが、久瀬にとっては見つけやすいと分かってはいた。だが、自分が妖怪の絵ばかり描いていることを、家族をはじめ周囲に絶対知られたくなかった。

今は家族も周囲も皆、「どんくさい」とからかっては来るものの、優しく接してくれている……が、自分が妖怪の絵ばかり描いていると知ったらどうなる？

家族はきっと「莞介の心の病《やまい》が再発した！」と騒いで、病院に連れていく。

学校の人たちだって……この投稿をきっかけに、妖怪が見えていることがばれてしまったら、下手くそな嘘つきと馬鹿にされたり、薄気味悪い奴だと倦厭《けんえん》されたりするに決まっている。

あの時のような扱いを受けるのは、もう二度とごめんだ。

だから、誰にもこのことを言わず、こっそりとイラストを掲載し続けた。

いつか、久瀬が見つけてくれることを信じて。

久瀬が見てくれるかもしれないと思いながら絵を描くのは、とても楽しかったし、モデルになってくれた妖怪たちに、送られてきたコメントを見せて、一緒にはしゃぐのも楽しかった。

というか……ＳＮＳの世界は莞介には非常に住み心地のいい場所だった。

現実世界で「バス停でおばけを見た」なんて言えば、嘘つきか、心を患《わずら》った病人扱いをされるだけだが、ＳＮＳの世界ではあっさりと受け入れられる。

面白いネタとして。または、本当のことだと思っても、別にこの人に直接関わるわけではないからいいかという、一見温かいようでひんやりとした寛容な心で。

それは日々、妖怪が見えること、彼らが好きでたまらない気持ちを懸命にひた隠し、自分を偽って生きなければならない現実世界よりもずっと楽で、楽しかった。

だから……どうせだから、もっと楽しくなろう……また、久瀬が見つけてくれた時に「こんなに上手くなって！」と、びっくりさせたくもなって、美術大学に行くことにした。

あらかじめ用意しておいた、当たり障りのないモチーフばかりが描かれたスケッチブックを見せ、学費は奨学金やバイト代で工面するから美術大学に行かせてほしいと頼むと、家族全員特に反対はしなかった。ただ。

――かんちゃん、絵なんて好きだったの？　あなたってば何も言わない子だから……びっくりしたわ。

――ホントホント。あんまり何も言わな過ぎて……てか、ぼーっとし過ぎてて、いるんだかいないんだか全然分からないっていうか、はは。下手したら空気より存在感なかったりして。

――はは、それ言えてる。

過去、莞介の好きなものを全否定し、「自分たちまで白い目で見られるから、もう喋るな」

と殴ったり、薬を無理矢理呑ませたりして脅《おど》しつけてきたことなど綺麗に忘れ、そう言って皆で笑い出した時は……いつものように、能天気を絵に描いたような表情で、ヘラヘラ笑ってみせながら……もう二度と、ここへは戻るまいと心に決めた。

ここには、自分が望むものなど何一つない。むしろ、嫌なものしかないと悟ったから。

高校卒業後、上京して独り暮らしを始めた時は、それはそれは楽しかった。誰にも気兼ねせず妖怪たちを部屋に招くことができて、心行くまで妖怪の絵が描けたのだから。

しかし、六年前。美術大学に通うために引っ越した格安マンションに帰る途中、スプレーで落書きされたあくびとくしゃみに出会った。落書きを洗い流してやりながら感じた怒りややるせなさを、漫画にして掲載したことで、莞介に大きな転機が訪れた。

漫画は思いのほか、大きな反響を呼んだ。

それを見て……狛犬がどれだけ愛すべき神獣であるか。昔は大事にしてもらえていたのに、現代では忘れ去られ、心ないいたずらまでされてどれだけ深く傷ついているかを、これからも訴えていけば、あくびたちのようなひどい目に遭う狛犬が減るのでは？

そう考えた莞介は、あくびたちのことを漫画に描き続けた。

すると、あれよあれよという間にフォロワーが増えていき、出版社からメールが来て書籍化。気がつくと、専業で十分食べていけるほどの漫画家になっていた。

ゼロから物語を構築する想像力皆無の上に、美術大学の教授や同窓から散々「下手ではないが、つまらない絵」と酷評されていた自分が。

それもこれも皆、魅力的で愛すべき存在である妖怪たちのおかげ。

自分の大好きな妖怪たちが、世間に認められたことが嬉しかった。「この漫画を読んで、近所の狛犬を大切にしてあげようと思いました」といったコメントをもらうと、胸が熱くなった。

周囲に面倒をかけるばかりのどんくさい自分が、初めて誰かの役に立てたと思うと。

漫画に描かれているキャラもストーリーも全部、莞介が考えたものになっていることや、お金までもらうのは、心苦しく思ってはいるが、妖怪たちは気にするなと笑う。

お前の漫画が売れれば売れるほど、妖怪に優しくしたいと思う人間が増えていくわけだし、ノンフィクションであるとはいえ、人の心を動かすいい作品にまで昇華し、形にしたのは莞介の力だ。堂々と胸を張ればいい。

そう言って、皆いい友だちになってくれて、優しく親切にしてくれた。

そのうち、ともに一つ屋根の下で暮らす人たちができた。

猫又のナツメと、狛犬兄弟のあくびとくしゃみで……この人たちが、家族とは実は温かくてほっとできるものだと、莞介に教えてくれた。

同じ世界を見て、同じ音を聴き、好きなことを思うままに語らい、笑い合って、困ったことがあれば皆で助け合う。

あの家には、どこを探したってなかったものが、当たり前のようにここにある。

素敵な友だちや家族に囲まれて、自分は本当に恵まれていると思う。幸せだ。

それなのに、まだ……莞介は久瀬を忘れることができなかった。

見えなくても、莞介がいると言うのならいると言い切れるほどに、莞介を深く受け入れ、この心に触れてくれる存在なんて、久瀬以外にいなかったから。

逢えなくなって十二年。もう、そうではなくなってしまっただろうが、それでも……どうしても忘れられない。もう一度逢いたい。

なんて、漠然とした寂しさを抱いていた矢先、一通のメールが来た。

差出人「久瀬千景」。その名を読んだだけで、腰が抜けそうになった。

『突然の不躾《ぶしつけ》をお許しください。あなたのイラストを一目見て、いてもたってもいられずメールいたしました。あなたは、相楽莞介君ではありませんか？　私は小学校の同窓で久瀬千景と申します』

メールはひどく他人行儀な堅苦しい文章で書かれていたが、自分が幼馴染みの久瀬である証明として書かれていたエピソードの数々は、確かに自分と久瀬しか知らないものだった。

間違いなく久瀬だ。しかも、自分のイラストを見て連絡してくれただなんて！

あまりのことに全身が震えた。そんなものだから、

『うん　そう　相良《さがら》』

震える指でそうタイピングして、すぐさま送信した。一刻も早く、自分が相楽莞介であるこ

とを報《しら》せたかったのだ。すぐに、『ちがった！　相楽！』と送り直す羽目になったが。
するとと、また……今度は少し砕けた文章で綴《つづ》られたメールが届いた。
そこには、十二年前突然連絡を絶ってしまったことへの謝罪が記されていた。
何でも、引っ越しの途中に携帯電話をなくしてしまった上に、そのまま急遽《きゅうきょ》渡米すること
になってしまってどうにもできなかったのだとか。
それならしかたない。というか、急遽渡米っ？
確か久瀬の話では、病気が治った父親とともに、父親の実家で暮らすことになっていたはず。
それが……一体何がどう起こったら、渡米することになる？
意味が分からない。だが、今はそんなことよりも、
『それは、大変だったな。誰も知らない土地に住むのも辛いのに、言葉も通じないなんて』
携帯電話がなくなってしまったのが残念でしかたない。メールできたら毎日励ませたのに。
引っ越し前、心細そうに泣いていた久瀬の姿を思い返し心を痛めていると、返信が来た。
『相楽は相変わらず優しい。でも、あんなに毎日メールしようと約束したのに、破ってしまっ
たことには変わりない。ずっと、相楽に悪くてしかたなかった。だから、直接謝らせてほし
い』
実は来月、日本に戻ってこられることになった。それで、いつか折を見て……という文言に
莞介は目を輝かせた。

ち友だちだろう?』
『いいよ。でも、謝るためじゃなくて、普通に逢おう。俺は久瀬のこと怒っていないし、俺た

少しどきどきしながらもそう送ると、『ありがt』とだけ書かれた返信メールが即座に届いたものだから、胸が熱くなった。

久瀬も、自分と同じようにこの邂逅《かいこう》を喜んでくれている! 心の底からそう思えた。

だから、再会できる今日の日を単純に楽しみにしていた……はずなのだが、再会の日が近づくにつれ、胸にどんどんさざ波が立っていった。

そして今日。約束の時間までじっとしていられなくて、まだ三十分近く時間があるのに部屋を出た。

一歩一歩進むごとに、心臓の鼓動が速くなっていく。

莞介の絵を一目見るなり連絡してくれて、逢おうと言い出したのも久瀬。謝罪のためではなく友だちとして逢おうと送れば、『ありがt』だなんてメールを即座に送ってきてもくれた。

それなのに、何を不安に思うことがある! でも——。

……久瀬は今、どんな感じになっているのだろう。十二年アメリカで暮らしていたのだから、結構変わっているのでは? 妙に陽気になって身振り手振りが大げさになっているとか、喋り方が片言になっているとか。

そして、自分は……久瀬が知っているあの頃の自分とどれだけ変わってしまっただろう。

変わった自覚はまるでないが、もし久瀬に幻滅されるような変わり方をしていたら！

（……嫌だなあ）

と、つい何となく持ってきてしまった、十二年前の自由帳の頁をぺらぺらめくっていたが、ふと莞介は瞬きした。

そういえば……と、試しに、空いたスペースに同じ妖怪を描いてみる。

全然違う。線のタッチも色の塗り方も……美術大学に行ってきちんと絵を学んだこともあり、一見しただけでは、同一人物が描いたとはとても思えない。

莞介本人が見てもそうなのだ。なのに、久瀬はどうして一目見ただけで莞介の絵だと分かったのだろう。久瀬は、十二年前までの莞介の絵しか知らないのに。

今更ながらひどく不思議に思えた。

会ってみたら、訊いてみようかな。そう思いつつ、自由帳を鞄に収め、ナツメに買ってもらったベレー帽を再度被り直して、自宅マンションの地下にある駐車場へと足を踏み入れた。

久瀬が車で迎えに来てくれることになっているから、ここにいれば逢えるはず。と、歩みを進めていた莞介は、不意に足を止めた。

前方に一台の車が停まっている。鈍い光沢を放つ、綺麗な深い蒼色《あおいろ》のスポーツカーだ。

車には疎くて、車種などちっとも分からないが、あの上品な色合いや洗練されたフォルム……きっと、何千万とする高級車に違いない。

そして、その車体に凭《もた》れかかっている男。

歳の頃は二十代半ば。身に纏《まと》った上質なスーツが非常によく似合う、長身ですらりとした体躯に、上品に撫でつけた、艶やかな黒髪。切れ長の二重の目が印象的な眉目秀麗《びもくしゅうれい》な顔。それから一つ一つが、何とも高貴で威圧的な風情を醸《かも》していて……うん。この車の持ち主にぴったりだ。なんて、思わず見惚《みほ》れていると、おもむろに男が顔を上げてこちらに目を向けてきた。

目と目が合った瞬間、どきりとした。

別に睨《にら》まれたわけではないが、男の視線が鋭く刺すようなものだったから？　それとも……。よく分からなくて戸惑っていると、男の形の良い唇が開いた。

「相楽」

（あ……声も格好いいイケメンでぴったり……へ？）

莞介は目を丸くした。この男、どうして自分の名前を知っている？

どちら様？　そんな言葉が、喉元《のどもと》まで出かかったが、

「久しぶりだな、相楽」

男がにこりともしない真顔で、醸す風情同様、淡々とした低い声音でそう言ってきたものだから、飛び上がらんばかりに仰天した。

この男が、久瀬っ？　そんな……まさか！

（ぜ、全然……面影がない！）

トレードマークだった黒縁眼鏡をかけていないことを差し引いたとしても、顔立ちはもっと柔和だったし、表情も声音も、自分に向けてくれるそれはいつだって優しくて……とにかく、何もかもが柔らかく温かった。

それなのに、今莞介に向けてくるそれは、北極の吹雪並みに冷たい上に、表情だって眉一つ動かさない。

十二年ぶりの再会だというのにだ。

それに、この高級車や身につけているスーツや腕時計。どう見ても、大金持ちのそれだが、久瀬の家は莞介の家と同じく、普通の一般家庭だったはず。

本当に、久瀬なんだろうか？　戸惑っていると、男が一歩近づいてきた。

「早いな。約束の時間まで、まだだいぶあるのに」

「へ？　あ……いや、その……何となくというか、えっと……！」

しどろもどろになっていると、男がさらに二歩歩み寄ってきたので肩が跳ねる。

「時間を作ってくれてありがとう。仕事、忙しいだろうに悪いな」

「へ？　あ、あ……謝ることないよ！　俺だって逢いたかったし」

冷たい口調とは裏腹な、実に殊勝な言葉にぶんぶん首を振っていると、

『おー？　こいつがかんちゃんの言ってた幼馴染みか？』

どこからか声が聞こえてきた。

『なんか聞いてたのと全然感じ違うなあ。でも、こんな車乗ってるってことは……』

見ると、男の横で何かを弄っている、マンションの住民である豆腐小僧《とうふこぞう》の姿があった。それは……よく見ると、莞介のスマートフォンだったものだから、莞介が「あ」と声を漏らすと、小僧が『うひょー！』と奇声を上げつつこちらを向いて飛び跳ねた。

『かんちゃん、スゲー！　こいつ、「クゼカンパニー」とかいうおっきい会社の社長だってよ！』

「え、え？　しゃ、社長って……っ！」

押しつけられたスマートフォンの画面を見て、ぎょっとした。

そこには、クゼカンパニーなるリゾート開発会社のホームページが表示されており、そこの取締役社長の欄に「久瀬千景」と明記されていたから。

クゼカンパニーといえば、世情に疎い自分でも何度か聞いたことがある大企業のはず。久瀬がそこの社長っ？　と、目を剥《む》いていると、

『しかも、次期総帥《そうすい》間違いなしとか色々書いてあるぞ。やったな、かんちゃん！　幼馴染みが金持ちの社長で！　松阪牛《まつさかうし》とか大トロ奢《おご》ってもらえよ』

豆腐小僧が続けてそんなことを言ってくるものだから、莞介は我に返った。

社長でよかった？　社長だから大トロを奢ってもらえ？　そんなこと！

「し、失礼なこと言わないでください！　俺は久瀬の素性なんかどうだっていいんです！　そ

れが友だちってものでしょう……あ」

スマートフォンをひったくって怒鳴ったが、

『わあ！　かんちゃんが珍しく怒った！　でも全然怖くねえ』

笑いながら走り去っていく小僧に、莞介は唸った。決して悪い子ではないのだが、あのいたずら好きは困る……。

「今、スマホが宙に浮いていたが……誰と話していたんだ」

淡々とした声音にはっとした。そうだった。今、久瀬らしき男がいるんだった！

「あ……ご、ごめん。豆腐小僧さんがいてだな、その」

とっさにそう答えると、男は「ああ」と合点がいったように声を漏らした。

「豆腐小僧はいたずら好きだからな」

「そうなんだ。悪い子じゃないんだけど……え？　どうして」

「本に書いてあった。豆腐小僧は雨の夜に現れて、いたずらをするって。だったら」

今夜は一雨降るかもな。そう言って、外のほうに目を向ける男に、莞介は息を詰めた。

――図鑑で読んだんだ！

直接妖怪と交流している莞介さえも知らないことを教えてくれるたび、そう言って笑っていた久瀬と、目の前にいる男が重なって見えた。

やっぱり、この男は久瀬なんだ。ようやくそんな実感が、ほんの少しだけだが湧いてきた。

とはいえ――。

「どうした」

「……うん。小僧さんがな、お前の名前で検索かけてたんだ。それで……何かいっぱい出てる。十代で会社経営してた切れ者とか、久瀬総帥の秘蔵っこで次期総帥最有力候補だとか、お前の会社の……連絡先とか」

「久瀬千景」についての記事がずらりと並ぶディスプレイを指先でスクロールしながら、莞介は眉をハの字に下げた。

「いつからこんなに出てたのか分からないけど……お前の名前で調べたら、こんなに簡単に連絡先分かったんだな。それなのに……小僧さんだってすぐ思いついたのに、俺は全然思いつかなくて……ごめん」

俺が頭よかったら、もっと早く連絡取れたのに。

己の頭の悪さに項垂れるようにして頭を下げる。そんな莞介に、男……久瀬はすぐ答えてはくれなかった。だが、ふと長い睫《まつげ》を伏せたかと思うと、

「本当に、相楽は変わらない。あの頃のまま、心が綺麗で優しい」

ぽつりと呟いた。その声音が、先ほどまでのそれよりも少し掠《かす》れていたような気がして、思わず顔を上げた。

久瀬は真顔でこちらを見ている。でも、何だか少し悲しそうな……？

じっと見つめ返す。すると、すっと目を逸らされてしまった。その所作にかすかな違和を感じていると、

「じゃあ、行こうか」

久瀬が助手席のドアを開けてくれた。まるで淑女を迎える紳士のように。

その、実に洗練された所作に少々面食らいながら、莞介は助手席に乗り込んだ。

先ほど覚えた違和を胸に抱いたまま。


その後の久瀬も、万事この調子だった。

車を運転するさまは、所作の一々が映画のワンシーン並みに格好よく、予約していた和食の店に着いてからも……歩く姿も、個室の座椅子に座る姿も、食べる姿も……ついでに、莞介によそってくれた料理の盛り付けに至るまで、何もかも一分《いちぶ》の隙《すき》もなく、完璧にきまっている。

その、あまりの完璧さと……ここまで来ても決して崩れない無表情と抑揚のない口調が、莞介の心をますますざわつかせる。

顔つきから所作まで無機質に変わってしまった久瀬。これまで、一体何があったのだろう？

どうしても気になって、それとなく訊いてみると、久瀬の形の良い眉がほんの少しだけぴくりと動いた……ような気がした。

「……。……さっきの検索結果に、俺の家のことが載っていたんじゃないか？」

「え？　あ……う、うん。少し、書いてあった」

久瀬家は明治時代から続く日本有数の資産家で、クゼカンパニーは日本にとどまらず、海外にも多くの支社を持っていて……と、すごいことばかり。

「詳しい事情は分からないが、父は祖父と何かで揉めて、長らく家を出ていたらしい。だが、病気が完治した頃に和解して、実家に戻ることになった。父には慣れ親しんだ我が家だろうが、普通の一般家庭で育った俺には……ただただ、別世界だった」

淡々とそう語る声音は無機質を通り越して、どこまでも乾いていた。

「今までと、何もかもが違うんだよ。本当に、何もかも」

「久瀬……」

「だから、ずいぶん変わってしまった。君が、俺だって分からないくらい」

「！　あ……それは……っ」

「いい。自分が、一番よく分かってる」

そう言ったきり、久瀬は黙った。莞介も何も言わない……いや、言えなかった。これ以上は言いたくないという久瀬の気持ちを何となく察することができたから。

けれど、それが何を意味しているのか分からない。久瀬の顔からは何の感情も読み取れない。分からないなら、訊けばいい。しかし。

「……」

莞介は改めて、この十二年という歳月を憎らしく思った。

十二年前の自分だったらきっと、さらに踏み込むことができた。だが、今は……どうしても一歩を踏み込む勇気が出ない。

久瀬の姿を見ても分からなかった自分に、そんな権利があるのかと。

そんなことをつらつら考えていると、自分は久瀬にとってひどく遠い存在になってしまったのだという事実が重くのしかかってきた。

(やっぱり……十二年って、大きいな)

俯いて、その重圧に息を詰めていると、久瀬がふと口を開いた。

「そういえば、さっきの豆腐小僧。どんな姿をしているんだ?」

あまりにも自然な口調で訊いてきた。そんなものだから、つい。

「え? ……あ、ああ。見た目は八歳くらいの男の子で、えっと……ちょっと待て」

持ち歩いているペンタブレットをスマートフォンに繋ぎつつ、久瀬のそばに座り直して、豆腐小僧の絵を描いてみせた。トレードマークの愛らしい団子っ鼻は、特に気合を入れて。

「ほら。こんな感じで着物着て、大きな笠《かさ》被ってて……っ」

説明しつつ簡単に着色して、顔を上げた時。莞介は目を瞠《みは》った。

それまでぴくりとも動かなかった久瀬の目が、少し……ふんわりと細められて、

「本に書いてあったとおりの格好だ。でも……あの挿絵《さしえ》より、ずっと可愛い」

先ほどまでの、お喋りロボットより愛想がない口調が若干和らいだ、柔らかな声でぽつりと言った。瞬間、莞介の心臓は壊れそうなほど、強く強く高鳴った。

——可愛いね。

子どもの頃、絵を見せた時に久瀬がいつもしてくれていた反応が、控えめではあるが全く同じで……それを見て、この心に溢れ出る「嬉しい」という感情も、あの頃と同じだったから。

やっぱり、この男は久瀬だ！　自分はあの久瀬と再会できたのだ！

ようやく、心の底からそう思えた。だから、つい——。

「俺の絵、あの頃と……ずいぶん、変わっただろう？」

気づいたら、鞄から取り出した自由帳を差し出してそんなことを尋ねていた。

「ああ。びっくりするほど、上手くなった」

自由帳に描かれた絵と、スマートフォンに映る莞介の絵を見比べて言う。飾りけのない端的な言葉だったが、また胸がどくりと大きく高鳴るのを感じながら、続けてこう尋ねた。

「そ、そうか！　でも、ならどうして俺の絵だって分かったんだ？　こんなに変わったのに」

久瀬が顔を向けてきた。その秀麗な顔にはもう、先ほどの柔らかさは失われていたが、

「変わっていない」

真顔で、さらりと言い切った。

「どんなに上手くなっても、あの頃と同じ……『妖怪はとても可愛い、愛すべき存在だ。その良さを少しでもたくさん分かってほしい』という気持ちが溢れ出ていて、心が温かくなる」

「！　え。あ……そ、そう……？」

思ってもみなかった言葉に仰天しつつもおずおず訊き返すと、久瀬は顎《あご》を引いた。

「ああ。それに、相楽自身も全然変わっていない」

「へ？　お、俺……？　あ、ああ。そうだな。お前にすぐ分かってもらえるくらい、見た目変わってない……」

「あの漫画の内容、全部本当のことだろう？　都会に住んでいる妖怪たちの窮状と、妖怪たちの素晴らしさを世間に訴えるために、彼らのありのままを描いてる。同居人の猫又が狛犬たちにしてやっている世話は全部、相楽がしていることで」

次々と指摘され、莞介は素っ頓狂《すっとんきょう》な声を上げた。

「え、え……どうして、分かった……」

「俺が知っている相楽は、そういう男だから」

かぁっと、顔が熱くなった。

容姿も態度も表情も何もかも馴染みのない男が、自分の知っている久瀬なら、言ってくれそうだと思うことばかり言ってきて混乱しているから？

何とも恥ずかしい言葉を、真面目くさった顔で、当たり前のことを話すように言ってくるから？

よく分からないが、とにもかくにも恥ずかしい。

ＳＮＳにイラストを掲載するようになって以来、たくさんの人に褒めてもらえるようになって……久瀬しか褒めてくれなかったあの頃よりずっと、褒められることに慣れたはずなのに、まるで初めて褒めてもらえたようにドキドキする。

そして、久瀬は非常に淡々としているのに、自分ばかりあたふたしていることに、余計に羞恥心《しゅうちしん》を煽《あお》られて――。

「そ、そんなことは、あの……わっ！」

手許が狂って、手からペンタブレットが零れ落ちそうになった。

危なく、机の上に落としそうになったが、久瀬がすかさず受け止めてくれたので、莞介はほっと息を吐いた。

「ありがとう、久瀬。助かった……？」

目をぱちくりさせる。顔を上げると、久瀬が下を向いていたのだ。

そこに何かあるのか？　同じく下を向いていると、いやに重々しい声で名前を呼ばれた。

「すまない。そんなに怖がらせて、気を遣わせて」

「……え？　あ……いや、そんなこと」

「いい。分かっているんだ。君と逢うことになってから、ずっと……表情の練習をしていたんだから」

「練習？　あーそれなら……練習っ？　ひょ、表情を作る？」

訊き返すと、久瀬は下を向いたまま小さく顎を引いた。

「できるだけ、昔のようにしたかったが、相楽を目の前にしたら緊張して、表情どころか、ましなこと一つ言えない」

温かみのない無機質な声音で、何の淀みもなく淡々と言う。

おまけに、表情も相変わらずの無表情。ぴくりとも動かないから、とても信じられないが、でも――。

「相楽はあの頃と同じように接してくれているのに、本当にすまない……っ」

「ちょっとごめん……っ！」

莞介はおもむろに、久瀬の胸に耳を押し当てた。

久瀬が言っていることは事実なのか、どうしても確かめたかったのだ。

そして、どくんどくんどころか、すさまじい速さでドドドドドドと、けたたましく鳴り続ける鼓動に驚愕《きょうがく》した。

「く、久瀬！　この心臓の動き方、ちょっとヤバ過ぎるぞ！　深呼吸してみろ、深呼吸」

慌てて言うと、久瀬は言われたとおり大きく息を吸って吐いた。しかし、表情は相変わらずの澄まし顔。

心臓の鼓動と表情の落差に驚愕するばかりだったが、それが……莞介との十二年ぶりの再会に緊張するあまり、表情が固まっているせいなのだと思うと、莞介の心は打ち震えた。だって――。

「なあ久瀬。謝ることないよ。そこまで緊張していて、表情の練習までしてくれたってことは、つまり……お、俺をずっと、大切な友だちとして想い続けてくれていたってことだよな？」

莞介がそう言うと、久瀬がじっとこちらを見つめてきた。

完璧な無表情。何も言わない。それでも肯定と受け取った莞介は「ありがとう」と微笑んだ。

「俺もずっと、久瀬を忘れたことなかったよ。久瀬がいないと、大好きな妖怪たちと遊んだり、絵を描いたりしても楽しくない。だから……ＳＮＳに絵を出し続けたんだ。いつか久瀬が見つけてくれるかもしれないって。それで、こっちから捜そうとか考えつかなくて……はは」

「……相楽」

「俺のこと、見つけてくれてありがとう。すごく、嬉しかった！」

思っていたありのままを口にする。久瀬がこの再会をとても大切に思ってくれていたことや……どう考えても久瀬は悪くないのに謝ってくるところも、全然変わっていないことが嬉し過ぎて、浮かれてしまったのだ。

久瀬は、やっぱり何も言わないし、無表情だった。しかし突然、ぐらりと体が揺れたかと思うと、床に手を突くではないか。

「久瀬っ？　どうした。気分が悪くなったのか……」

「いや……嬉し過ぎて、気が遠くなっただけだ」

「そうか。それなら……ええっ？」

思わず声を上げると、久瀬は改まったように居住まいを正した。

「相楽。今日は色々すまなかった。だが、次……次こそはちゃんとする」

次。その言葉に、莞介は目を輝かせた。

また、自分に逢いたいと思ってくれるのか？　顔面が動かせないほど緊張して相当疲れたろうし、心臓があんな……尋常ではない動きをしていたら、かなり辛くて大変だろうに！

とても嬉しい。それなのに。

「こんな失敗は、もうしない。だから……っ」

久瀬はそんなことを言う。だから、莞介は「ばか」と、軽く久瀬の膝《ひざ》を叩《たた》いた。

「久瀬が謝ることなんて、何もないよ。失敗だってしてない。久瀬は、俺の知ってる久瀬のまだったよ？」

勿論、変わってしまったところはあるし、その変わりようにびっくりもしたが、莞介が大好きだった部分はあの頃のまま。

「だから……今度からは、十二年前みたいにしなきゃとか、そんなこと考えずに逢ってくれ。そのほうが……もっと気軽に、たくさん逢えるだろう？」

たくさんなんて、ちょっと図々しいかなと思いつつも、思い切って言ってみた。

久瀬は、すぐには何も言わなかった。真顔でじっとこちらを凝視してきたが、

「ありがとう」

すまないの代わりにそう言って、ほんのわずかだが、切れ長の目が細められた……ような気がした。

緊張が少し解けてきたのだろうか。そう思ったら嬉しくて、またついこう言ってしまった。

「なあ。今度、いつ逢う？」

それから三日後の夕方。夕焼けのオレンジに染まる、乱雑に本が積み上げられた洋室に、スマートフォンのアラーム音が響いた。

しかし、部屋の隅っこに置かれたベッドで、布団を抱き締めて眠る莞介は全くの無反応。それどころか。

「むにゃー……くぜぇ……ありがとー……おれ、これすきぃ……」

子どもの頃の久瀬に好物のチョコレートをもらう夢を見ながら涎《よだれ》を垂らす始末だ。そんなものだから、

「あくび！　くしゃみ！　行け！」

ナツメの号令とともに、あくびとくしゃみが莞介に飛びかかった。

二頭のもふもふお尻プレスを同時に受けて、莞介は「うぎゃ！」と声を上げて飛び起きた。

「げほっ……げほっ！　うへ……ううう。な、何？　隕石《いんせき》？　……ぎゃ！」

「こら！　いつまで寝惚《ねぼ》けている！　これから久瀬と逢うのだろう？」

「ふあ？　くぜぇ？　くぜ……久瀬！」

何度かその単語を繰り返し、寝惚けていた頭がようやく覚醒した。

そうだ！　今夜、久瀬に逢うんだった！

「え、えっと、ふ、服は……あ」

「ほれ。用意しておいてやったぞ」

ナツメがそう言うと、頭に畳まれた服を乗せたくしゃみがぽてぽて歩いてきて、お座りした。

「あ……いつも、どうもです」

申し訳なさそうに礼を言って、莞介が服を着始めると、ナツメが鼻息荒く言葉を吐いた。

「全く！　この三日間ほとんど寝ずに仕事して作った時間をにゃんだと思っている！　いや……そもそも、グッズデザインの〆切が立て込んでいるというのに、ほいほい約束する無計画さが、まず間違い！」

「……は、はい。おっしゃるとおり、です」

莞介が項垂れるように頷くと、ナツメは二本の尻尾で床をばしばし叩いた。

「大体！　にゃにゆえ、こんにゃに早くまた逢う必要がある？　三日前に逢ったばかりではにゃいか。しかも、莞介は売れっ子漫画家。相手は大企業の社長だぞ！　ほいほい逢えるものじゃにゃいと、ちょっと考えれば分かろう。それだというに……」

「ああ！」

説教されながらも、出かける準備を進めていた莞介は、戸棚を開いた途端叫び声を上げた。

「まずい。ナツメさんの猫缶がない！」

「にゃんとぉっ？　莞介！　それはゆゆしきことだぞ！　いつも言っているだろう。吾輩はもう、猫缶以外受け付けぬ体……」

「ちょっと買ってきます！」

いかなる理由があろうと、ナツメにひもじい思いをさせるわけにはいかない。鞄を引っ掴み、慌てて部屋を飛び出した。

最寄りの雑貨店まで全力で走り、猫缶をとりあえず五個買って、再び自宅へと猛ダッシュする……が、日頃の運動不足が祟《たた》り、途中でへたり込んでしまって……ああ、何と情けない。

乱れる呼吸を整えていると、先ほどナツメから言われた言葉が脳裏に響いた。

――にゃにゆえ、こんにゃに早くまた逢う必要がある？　莞介は売れっ子漫画家。相手は大企業の社長だぞ！　ほいほい逢えるものじゃにゃいと、ちょっと考えれば分かろう。

（……分かってるよ、それくらい）

新作が、重版がかかるほどに好評なのだから、これからグッズデザインや書店に飾る色紙などの依頼が増えて多忙になる。

久瀬だって、アメリカから日本に戻ってきて社長職に就任したばかり。おそらくは、自分よりずっと忙しいはず。

だから、頻繁に逢いたいと思うのは、お互いよくない。

ちゃんと、分かっていた。それなのに、自分は久瀬に「今度はいつ逢える？」と訊いて、別れた一時間後に「三日後はどうだろう」というラインが来た時には、仕事のスケジュールだとか……もしかして、久瀬は自分に気を遣って無理して言ってくれているのでは？　という疑念もそっちのけで「いいよ」と即返信した。

それから三日間、ほとんど徹夜して仕事をしたが、久瀬のことが頭から離れず、ナツメのご飯を買い忘れたり何だり、いつも以上にポカをして……ああ。

(俺……どうしちゃったのかなあ)

十二年ぶりだから。今の久瀬をもっと知りたいから。自分を目の前にすると顔面が動かなくなるほど緊張するのが気に入らなくて、早く慣らしたいから。慣らして早く、あの柔らかで温かい笑顔が見たいから。

理由はいくらでも思いつく。でも、とにかく……無性に、久瀬に逢いたくてたまらない。

今だって、もうすぐ逢えるとそわそわしている。

「何なんだろな。これ……」

こんな心持ちになったことなんてないから、どう対処したらいいか分からず、延々ざわつき続けている胸を擦《こす》った時だ。

『ア……ああ、あああぁ！』

「……っ！」

突如耳に届いた泣き声に、莞介は弾かれたように顔を上げた。これは、赤ん坊の泣き声？

住宅街の狭い道。自分以外に誰もいない。家の中から聞こえているのかと思ったが、

『ああ……あぶ、あ…あああぁ！』

いや、この聞こえ方は建物の中からではなく外だ。しかも、聞こえてくるのはどうやら、少し行った先、建ち並ぶ家々の間にぽっかりと開いた、雑草が鬱蒼《うっそう》と茂る空き地から。

なぜ、あんなところから赤ん坊の泣き声が？

子泣《こな》き爺《じじい》だろうか？　それなら問題ないが、もし本当に赤ん坊だったら？　最近びっくりするような事件が起きたりするし。

「……しかたない」

しばしの逡巡《しゅんじゅん》の末、莞介は泣き声の主を確認することにした。やはり、このまま放っておくのは寝覚めが悪い。

（赤ちゃんじゃありませんように。子泣き爺のいたずらでありますように）

そう念じながら、声がするほうへ近づいた。

そして、空き地の隅っこにひっそりと生えた楓《かえで》の木の下あたり。背丈の高い雑草を掻き分けた先を見て、ぎょっと目を剥いた。

楓の木の根元に、ぷっくりほっぺの全裸の赤ん坊が俯せになって泣いていた。

その背中には、ひな鳥のそれのような、小さな小さな白い羽根が生えていて――。

＊＊＊

「あら。珍しい」

零れ出た欠伸《あくび》を噛み殺していると、明日のスケジュールを読み上げていた秘書の高見《たかみ》女史が、思わずといったように声を漏らした。

何が？　と、視線を向けると、高見は涼しげな目元だけで小さく笑った。

「社長の欠伸。初めて見ました」

「……そうですか。不快な思いをさせたのなら謝ります」

久瀬がにこりとも笑わず答えると、高見は今度は満面の笑みを浮かべた。

「いいえ？　とても素敵だと思います。三日間ほとんど徹夜して、恋人との時間を作って出た欠伸ですもの」

「……いえ。何か勘違いをなさっているようですが、私は……」

「では、私はこれで失礼いたします。息子たちと待ち合わせがありますので」

久瀬の言葉を遮りそう言うと、女史は二人の子持ちとは思えないスレンダーな身を颯爽《さっそう》と翻《ひるがえ》し、社長室を出ていった。

久瀬はしばしそのさまを見ていたが、ドアが閉まってしばらくして、座っていた革張りの社長椅子の背に凭れた。彼女はとても優秀な秘書だが、時々妙な早合点をしてくるから困る。

（……恋人、なんて）

そうだったら、どれだけいいか。だが、相手は……。

――俺たち友だちだろう？

友だちだと思っている。初めて出会ったあの頃からそう。

こちらが一目惚れして、ずっと恋い焦《こ》がれているとも知らず。

「……」

――ねえ。よかったら、おれと一緒に遊ばない？

初めて声をかけられたあの時、天使が舞い降りたのかと思った。

だって、あんなにも優しく温かな声や笑顔を向けてくれた人間なんて、これまで誰一人としていなかった。

親戚は皆、家名に泥を塗った両親の息子として「汚らわしい子」「見るのも嫌だ」と邪険にし、入園した保育園では引っ込み思案な性格と「よそ者」という立場からそっぽを向かれた。

母はほとんど家にいなかったし、家にいてもスマートフォンにかじりついているか、大事な客が来るから外で遊んでこいと家を追い出される。

どこへ行っても仲間外れ。居場所なんて、どこにもなかった。

そんな自分に声をかけて、友だちにまでなってくれた相楽莞介は、笑顔や声だけでなく、心も天使だった。

優しいのは勿論、運動や勉強が苦手なことを馬鹿にされても、誰も恨《うら》まないし、僻《ひが》まない。

「みんなすごいね」と、ころころ笑いながら、コツコツと自分のペースで努力し続ける。

そんな彼のそばはとても居心地がいい。話せば心がぽかぽか温かくなって、特に話さなくても、そばにいるだけで春の木漏《こも》れ陽《び》に包まれているような心地になる。

そんな莞介をすごいなと尊敬していたし、大好きだった。だから、莞介が池に落ちて死にかけた時は死ぬほど心配して……妖怪が見えると言い出した時は、すんなり信じた。

莞介はそういう嘘はつかない人間だとよく知っていたし、大人たちが言うような、心の病気とも思えなかったから。

でも、どんなに信じたって、莞介の言う妖怪は久瀬には見えないし聞こえないし、触れない。

普通、子どもならいくらか見えるそうなのだが、全然駄目。

なので、莞介を仲介にして妖怪と引き合わせてもらっても、妖怪たちは「つまらない」とどこかへ行ってしまう。

ひどく歯がゆくて……莞介に申し訳がなかった。

それでも、莞介は嫌な顔一つせず、絵まで描いて自分の見ている世界を教えてくれた。それがたまらなく嬉しくて、たまらなく……可愛くて、可愛くて……ますます好きになっていくばかり——。

あの頃、莞介が久瀬の世界の中心だった。

親の都合で、莞介と離れ離れになっても、それは変わらず……いや。

逢うどころか、メールのやり取り一つできなかった上に、自分自身ずいぶん変わってしまったのに、その想いは深くなる一方だった。

何せこの十二年間、自分は……。

——あーどうして、あんたなんかの面倒を私が見なきゃいけないのかしら。あんたも、あの二人と一緒に……。

「……っ」

そこまで考えて、久瀬は無理矢理思考を止めた。

やめよう。あの頃のことを思い出しても、気が滅入るだけだ。

……とにかく、莞介に逢いに行きたくても行けない遠いアメリカの地でも延々、久瀬は莞介に焦がれ続けた。

莞介は今頃、不本意とはいえ一方的に連絡を絶ってしまった自分のことなど忘れ、新しくできているだろう友人、または恋人と楽しく暮らしているに違いない。莞介は身も心も天使のように魅力的だから……なんて、思いながら。

クゼカンパニーの会長である祖父から、東京にある支社の一つを任せると言われた時もそう。日本に戻れば、莞介を捜して逢いに行くことができる。しかし、もし……唯一の心の支えである莞介に、自分以上の親友や恋人、もしくは妻がいたら、自分はどうする？　どうなってしまうのだろう？

それを思うと、何だか怖くて、莞介の所在を捜すのを躊躇《ためら》っていたが、偶然莞介の絵を目にした瞬間、そんな考えはものの見事に吹き飛んだ。

莞介の絵は、技術は格段に向上していたが、見て受ける印象は全く同じ。

――久瀬！　新しいおばけと会ったんだよ。こんな感じ！

弾んだ莞介の声が、はっきりと聞こえた気がした。

気がつけば、莞介にメールを打っていた。

返事はすぐに来た。『うん　そう　相良』。それから間髪入れず、『ちがった！　相楽！』。

意識が飛んだ。とても短い文言ではあったが、莞介が自分からの連絡を喜んでくれていることが、ひしひしと感じられたから。その後のメールもそう。

意に沿わぬこととはいえ、一方的に連絡を絶ってしまった過去を怒るどころか、言葉も通じないアメリカに行って、さぞ心細い思いをしただろう。連絡が取れれば、励ましてあげられたのにと、心を痛めてくれた。思い切って、直接謝罪したいから逢おうと言ってみれば、怒っていないから、友だちとして普通に逢おう。だなんて……！

あの頃とまるで変わらない、どこまでも優しい言葉。夢のようだった。

けれど、再会の日が近づくにつれ、久瀬の心はざわつき始めた。

莞介はあの頃と何も変わっていない。しかし、自分は……？

自分は、変わってしまった。それこそ、別人のように。

——久瀬がそうやって、嬉しそうに笑ってくれると、おれすごく嬉しい！

莞介がそう言ってくれていた笑顔一つ、作ることができない。いくら練習してみても無理。

こんな自分を、莞介はどう思うだろう？　こんな男、久瀬ではないと幻滅され、今度こそ愛想を尽かされるのでは？

そう思ったら、逢うのが怖くなってきた。逃げ出したくなるほど。

だがそのくせ、莞介に逢いたい気持ちも同じくらい膨《ふく》れ上がっていって、結局……僅差《きんさ》で「逢いたい」が勝って、当日教えられた莞介のマンションに向かった。約束の時間ギリギリだと、緊張のあまり事故を起こす気がしたので、一時間以上も早く。

そして、そこで気持ちを落ち着けようとしていたのだが、なぜか莞介が三十分以上早く、しかも駐車場まで下りてきたものだから仰天した。

十二年ぶりに再会した莞介はあの頃のまま……いや、さらに魅力的になっていた。

思わず抱き締めたくなるような、小柄で儚《はかな》げな痩身。一度も陽に当たったことがないような、艶やかな白い肌。綺麗に整った白い顔に、下がった目尻が柔らかさを醸す黒目がちの大きな濡れた目。それらは恥じらうと頼りなく捩《よじ》れ、うっすらと桃色に染まり、狂おしげに潤《うる》み、壮絶な色香を放って……あまりにも強烈な刺激に、神経が焼き切れそうで眩暈《めまい》がした。

そのくせ、心も笑顔もあの頃の、あどけなく純真な天使のままだった。

今まで出会った人間は皆、久瀬があの資産家である久瀬家の人間だと知った途端、露骨に態度を変え、その肩書きにのみ目を向けて、久瀬自身を全く見なくなる。

しかし、莞介は……ネットで調べれば、久瀬への連絡先がこんなに簡単に分かったなんて！と、ショックを受け、頭が悪くて申し訳ないと謝ってきた。

さらに、十二年前とはずいぶん変わってしまった上に、久方ぶりの逢瀬にしどろもどろになる自分に、戸惑いつつも昔のように接してくれて、

——俺もずっと、久瀬を忘れたことなかったよ。だから……SNSに絵を出し続けたんだ。いつか久瀬が見つけてくれるかもしれないって。

——俺のこと、見つけてくれてありがとう。

嬉しそうに、そう微笑む。

軽く失神したと思う。それから、「今度はいつ逢える？」と訊かれて、また失神しかけて

……。

天にも昇る心地とは、まさにこういうことなのだと思った。

気がつけば……莞介は売れっ子漫画家で多忙だろうにとか、もしかして自分に気を遣い、無理をしているのでは？　とか、本当なら色々考えなければならないことがあるのに、即座に高見に連絡してスケジュールを調整してもらい、一番早い三日後どうだと連絡していた。

三日間ほとんど眠らず激務をこなす最中も、気持ちはふわふわと高揚したまま。

昨夜「明日楽しみにしてる」というメールが来た時は、疲れなど木っ端みじんに吹き飛んで――。

今はもう、もうすぐ莞介に逢えるという喜びで胸がいっぱいだ。

十二年前でも、ここまで気持ちが浮ついたことはなかったのに。驚くとともに、とても幸せなことだと思う。

でも、一つだけ……肝《きも》に銘《めい》じなければならないことがある。

自分たちは、あくまでも友人。本当は莞介のことをどう想っているか、知られてしまったら……この関係は終わってしまう。

莞介が恋し過ぎるあまり、抱き締めてキスしたい。自分だけのものになってほしい……などと思ってしまうこんな感情、同性愛者でもない莞介には気持ちが悪いだけだし、久瀬との友情をとても大切にしている莞介の心を踏みにじる裏切り行為に他ならない。

こんな感情、捨ててしまえればどれだけいいだろう。だが、どうしても無理で――。

こんな時、あいつらの血がこの身に流れているせいなのかといつも思う。

モラルも周囲への迷惑も何もかも無視して、「アイ」という名の肉欲に溺れたあの連中の血が。

吐き気がすること頻《しき》りだ。こんなふしだらな感情さえ抱かなければ、こんなに苦しむことも、莞介を裏切ることもなかったのに！

しかし、どんなに忌《い》まわしくても、どうしようもない。

だから……この気持ちは死ぬまで隠し通す。

心は莞介を裏切っているくせに友だち面《づら》して関わるのは、ひどく不誠実なことだが、それでも……どうしても、莞介を失うなんて考えられない。たとえ、莞介に恋人がいて、結婚することになっても……と、そこまで考えて、はっとした。

そういえば、今まですっかり忘れていたが、莞介には今、恋人はいるのだろうか？

（今日、訊いて……いや）

訊いてどうする。いようがいまいが、自分にチャンスがあるわけでもないし、もしいると言われたら……とても平生《へいぜい》を保てる気がしない。それでうっかり気持ちがばれてしまったら、目も当てられない。と、悶々《もんもん》と考えあぐねていた時だ。

マナーモードにしていたスマートフォンが震え始めた。まさか仕事の電話？

内心ハラハラしつつスマートフォンを見て、はっとした。ディスプレイに「相楽莞介」と表示されていたから。

心臓が、ドドドドドドと、怒涛《どとう》の勢いで高鳴り始める。

『あ……ご、ごめん！　今、大丈夫かっ？』

今日こそは、ちゃんと受け答えしなければ！　と、胸の内で何度も唱えつつ着信に出た途端、莞介の……男にしては少し高めの愛らしい声が聞こえてきた。

しかし、その声は取り乱し、切迫していて……これは、何かあった。

「大丈夫だ。どうした」

ざわつく気持ちを懸命に抑え端的に尋ねると、莞介は「う、う」と心底困ったように呻《うめ》いた。

『それが、その……ちょっと困ったことになって、今日は……逢えない、かも』

「……仕事か？」

逢えないっ？　どうしてっ？　という絶叫を嚙み殺しながら、何とか訊き返すと、

『え？　それは、えっと……その……わっ！』

おろおろと言い淀んでいた莞介が、突然悲鳴を上げた。

『危ないなあ。いきなりおしっこは勘弁……』

「……は？」

おしっこ？　意味が分からなかったが——。

「仔犬でも拾ったのか？」

とりあえず、そう訊いてみると、

『仔犬っていうか……羽根が生えた赤ちゃん、落ちてた』

そんなことを言い出すではないか。

頭の中が「？」で埋め尽くされる。羽根が生えた……赤ちゃんっ？

（……天使？）

莞介が天使だから仲間だと思って……いや。

待て。論理的に考えよう。

人間に羽根が生えているわけはないから、その赤ん坊は妖怪か何かの類だろう。

では、警察に頼ることはできない。それから――。

「小便をかけられそうになったってことは、その子、服を着ていないんだな？　というか、実体があるのか？」

確か、触れないはずじゃ……。

『う、うん。すっぽんぽん。それに、ちゃんと触れる……あ。妖怪には、触れる奴もいるんだよ！　こっちに越してきてから知ったんだけど』

「そうなのか」

（相楽……妖怪が触れるくらい、霊感が強くなったのか？）

本で読んだことがある。人間は本来妖怪に触れることはできないが、とても霊感の強い人間なら触ることができると。

では、莞介のみ触ることができるという話か。

「じゃあ、怪我は？　大きさは？」

『ちょっと泥で汚れているけど怪我はなくて、大きさは……そんなに大きくない。首は据わっているけど、ようやく寝返りができる程度だし』

「分かった。どこにいる」

久瀬は立ち上がり、車のキーを手に取った。

心優しい莞介はどんなに困ってもその子を放っておけないし、自分も……困っている莞介を放っておけない。

『え？　ど、どこって……久瀬、ここに来る気か？　い、いいよ。迷惑……』

「今、外だろう？　この寒空に赤ん坊を裸のままにしておくわけにはいかないし、連れ歩くにしても……小便をかけられたり、その子が風邪を引いたりしてもいいのか」

駐車場に向かいながら指摘する。すると、莞介は「赤ん坊が風邪を引いたら」という言葉に抗《あらが》えなかったのか、素直に場所を教えてくれた。

教えられた空き地に車を乗りつけると、空き地の隅の茂みから莞介がひょっこり顔を出した。

「久瀬。ごめん。変なことに付き合わせて……わ！　何だ、その荷物」

「よく分からないから、店員に頼んで見繕ってもらった。使えそうなものがあったら使ってくれ……」

言いかけ、久瀬は口を閉じた。

莞介が、何やら……生きのいい鰹《かつお》か何かを抱えてあたふたするような動きをしているのだが、その腕の中には何もない……ように見える。

「ごめん。こんなに……後でレシートくれ。ちゃんと払うから」

「いい。俺が勝手にしたことだ。それより……今、抱いているのか？」

後部座席のドアを開き、買ってきた赤ちゃん用品の山からおむつ替えシートを引っ張り出し、シートに敷きながら尋ねると、莞介はこくりと頷いた。

「う、うん。すごく泣いてて……多分、お尻が気持ち悪いんだと思う。おしっこした後、うんちもしたから……な、何か拭くものある？」

敷かれたシートの上に何かを置く動きを見せながら言う。

やっぱり、見えないし聞こえないがいるらしい。

そして……二人ともおむつの当て方なんて知らないから、久瀬がスマートフォンで「おむつ当て方」と検索をかけて、出てきた方法を教え、それに倣《なら》って莞介がおむつを取り替え始めたのだが――。

久瀬は内心どきどきしていた。見えない物体をおむつや肌着で包んだらどうなるのか。妖怪が手に持つものははっきりと見えるから……服を着た透明人間のような感じになるのだろうか？　と、予想したのだが、

「……！」

息を呑む。莞介が見えないそれにおむつを宛てがっていくと、おむつがみるみるうちに消えていったのだ。

次に着せた肌着もそう。着せた途端、すぅっと消える。

どういう仕組みになっているのか。呆然《ぼうぜん》としていると、莞介が手を止め、ほっと息を吐いた。

「よかった。何とかできた……うん？　はは。やっぱりお尻が気持ち悪かったのか、お前」

「……どうかしたのか？」

「うん？　機嫌よく笑い出したんだ……あ。そうだ。今のうちに」

莞介は鞄から小さなスケッチブックを取り出し、ペンを手に取った。どうやら、久瀬が見えないことを察して、いつものように絵に描いて教えてくれるらしい。

「ほら、こんな子。この角度だと見えないけど、男の子だ」

説明しつつ、莞介は赤ん坊の絵を描いてくれた。

小さな手足。ぽっこり出たお腹。莞介と同じような、ふわふわな癖っ毛。ふっくらとした

ほっぺを綻ばせ、くりっとした大きな目を細めた、無邪気で愛らしい笑顔。

そして、背中から生えたひな鳥のような小さな羽根。

「天使みたいだ」

思わず呟くと、莞介も笑顔で頷いた。

「俺も思った。でも、頭の上に輪っかはついてないんだよな。だから、本当に天使かどうか」

「……そうか。今も、機嫌よく笑っているのか……っ！」

何の気なしに、おむつ替えシートに手を伸ばした久瀬は、息を呑んだ。

不意に、人差し指に温かな感触を覚えたのだ。

「あ！　今、赤ちゃんがお前の指を掴んだぞ」

「！　つ、かんだって……」

「はは。だから、触れるって言っただろう？」

驚く久瀬に、莞介はそう言って笑ったが、にわかには信じられなかった。

何せ、自分は……どんなに霊感がなくても、子どもだったら見えると信じて目を凝らせば見えるものと言われても、一切見えず、聞こえなかったのだ。

それなのに、こんな大人になって、触れるなんて……！

あまりのことに固まっていた久瀬は、また息を呑んだ。莞介がおもむろに、指を掴まれていないもう片方の手を掴んできたからだ。

「ほら。分かるか？　ここが手。ここが腕で……」

久瀬の手に両手を添え、見えないそれに触れさせる。

最初のうちは、莞介に手を握られている事実と、莞介の手の感触に、血流がおかしな感じになるほど狼狽《ろうばい》したが、次第に……掌《てのひら》に感じる、柔らかくて温かな感触に意識が向き始めた。

莞介の手の温もりとはまた違う……温度が高くて、肌触りもひどくもちもちしたこの感触。

（……いるんだ）

見えないし聞こえないが、ここにいる。掌から伝わる確かな鼓動に、その事実を受け止める。

すると、いまだに久瀬の指を掴んで離さない、けれど、ちょっとでも動かせば簡単に振りほどけてしまう、そんな、小さな……儚い掌の感触に、心がぎしりと軋《きし》んだ。

ああ。この子はどうしようもなく不安なのだ。

こんなところに独り置き去りにされて、すごく寂しくて、だから……見ず知らずの、愛想笑い一つ浮かべることができない自分なんかの指を懸命に掴んで離さない。

その感触を噛み締めて、この子のことを思うと、心がどんどん痛くなっていった。……思い出したのだ。

――遠くへ行きたいわ。誰にも邪魔されず、あなたと二人きりになれる遠いところ。

母が電話でそう話しているのを聞いた三日後、両親に置き去りにされて独り途方に暮れた、十二年前の自分を。そんなものだから……。

＋＋＋

『あぶぶぅ……きゃっ、きゃ！』

「何だ、お前。そんなに久瀬の指が気に入ったのか？　はは……？」

小さな掌で久瀬の指を握りしめてご機嫌な赤ん坊の頭を撫でながら、何の気なしに久瀬へと視線を向けた莞介は瞬きした。

自分の指先を見つめる久瀬の横顔は、いつもどおりの無表情。だが、何というか、心なしか表情が少し硬いような……。

「この子、これからどうするつもりなんだ」

ふと、久瀬がそう口を開いた。その声音も無機質だが、やっぱりどこか硬いような？　などと思いつつも、莞介は思案げに頭を掻いた。

（うーん……どう答えよう？）

一応、ナツメたちにこの件を報せ、赤ん坊の親に心当たりがないか探ってもらってはいる。だが、すぐに見つかるという確証はなくて、むしろ……見つからない可能性のほうが高い。

マンションの住民妖怪をはじめ、近隣に住む妖怪たちとも仲良くさせてもらっているが、この子のような妖怪の知り合いはいないし、話題に上ったこともない。

よくよく訊いてみれば知っているものがいるかもしれない。この子の親だって、心配して捜し回っているだろうし、皆で手分けして方々捜せば案外すぐ見つかるかも……とは思うが、断言はできない。

そのあたりのことを見透かされたら、優しくて心配性の久瀬はどうするか。

赤ん坊を拾ったと言っただけで、ここまでしてくれるのだ。親はすぐには見つけられないかもしれないと知れば、もっと無理をするに決まっている。

久瀬は十二年ぶりに日本に戻ってきた上に、社長職に就いたばかりで、相当多忙なはず。これ以上面倒はかけられない。

「う、うん！　大丈夫だよ。さっき偶々そばを通りかかった口裂け女さんに頼んで、このことをナツメさんたちに伝えてもらった。マンションに住んでる皆なら、この子が何か分かるし、親もすぐ見つかる……」

「無理だろうな」

努めて大丈夫そうな感じを出しつつはきはき答えたつもりだったが、即座にそう返された。

「へ？」と間の抜けた声を漏らす莞介に、久瀬はすかさずこう続ける。

「漫画を読む限り、君はマンションに住む妖怪だけでなく、近隣に住む妖怪ともかなり懇意にしているようだが、この子の親に関する心当たりが全くない。ということは、妖怪たちも知らない可能性のほうが高い」

まずい！　もうこちらの事情を、ものの見事に看破している！

でも、ここで負けてはいけない。何とか誤魔化さねば。

「そ、そうかもしれないけど、えっと……皆で頑張って捜せば」

「そうだな。方々手を尽くせば見つかるかもしれない。だが、それまでの間どうする？」

「へ？　そ、それは……こ、子ども好きで世話好きの妖怪がいるから大丈夫！」

嘘だ。本当はそんな妖怪などいない。見つかるまでの間は自分が面倒を見ることになるだろう。だが、そんなことを言ったら、久瀬を心配させるから……。

「嘘だな。漫画にはそんな妖怪はいなかったし、自分で拾っておいて他人に押しつけるような無責任なこと、君にはできない」

ばっさりと瞬殺された。

「自分で面倒を見る気だろう？　で、万が一長期化したら？　どうする？　売れっ子の漫画家で多忙を極めている君が、仕事と家事と育児を立派にこなしていけると思っているのか？　この子は妖怪だから、託児所みたいなサービスにも一切頼れないのに？」

「え、え……」

厳しい追及に、ついに何も言えなくなってしまった。

そこまで考えていなかったし、今考えてみても、とっさにいい案が思い浮かばない。

当然だ。今の暮らしだって、ナツメやあくびたちがあれこれフォローしてくれるから何とか成り立っている状態なのに、赤ん坊の面倒なんて想像もできない。

　正直、何も今そこまで考えなくても……と、思わなくもない。けれど。

「ごめん。嘘ついて。それと……ありがとう、久瀬」

　しばしの逡巡の後、莞介はぽつりとそう返した。

「そこまで考えていなかったけど……そうだよな。絶対にそうならないって言いきれない以上、ちゃんと先々のこと、考えておくべきだよな。じゃないと……そうなって、一番可哀想な思いをするのはこの子だ」

　久瀬の指を掴んでいないもう片方の掌をこちらに伸ばしてくる赤ん坊に笑って、手を伸ばす。すると、赤ん坊は莞介の指も掴んで、嬉しそうにきゃっきゃっと笑う。

　その掌は椛《もみじ》の葉のように小さく、握ってくる力はとても頼りない。

　この子は自分一人では何もできない。ちょっと乱暴に扱われただけでも、すぐ壊れてしまう。だから、ちゃんと考えて、親元に帰れるまで守ってやらないと。

　自分のような、己のことさえままならない男がそう思うのは愚かだと分かってはいるが、この無邪気で愛らしい笑顔を見ていると、どうしてもそう思わずにはいられなくて……。

「……相楽は優しい」

　ひっそりと、聞こえてきたその言葉。

　顔を上げてみると、久瀬がこちらを見ていた。相変わらずの無表情。でも、何となく……先ほどよりも表情は柔らかい気がした。

（もしかしてさっき、俺がこの子のこと、いい加減に考えていたから呆《あき》れて怒ってたのかな？）

だったら、久瀬のほうが優しい。そう、言い返そうと思った時だ。

「もしも、この子の親がすぐ見つからなかった場合だが、一つだけいい手がある」

「え？　もう考えついたのか？　さすが久瀬！　頭いいな！　どんな手なんだ」

「一緒に住もう」

「……。……は？」

これまで生きてきた中で一番、間の抜けた声が出た気がする。

頭の中が真っ白になって、思考が完全に停止する。

（す……住む？　一緒に？　誰と？　俺と……久瀬が？）

思考停止した頭でちょっとずつ、言われた言葉をぎこちなく噛み砕いていると、

「この子が見えない俺には、この子の面倒を見ることはできないが、家事の負担なら補うことができる。本来なら、君の家に通って手伝うのが筋だが、それだときつい。……手伝ってくれる、気の置けない恋人や友だちがいるなら、話は別だが」

「！　いや……そんなのいないよ。でも……ああ」

ここでようやく、言葉の意味を理解した。

（……そうか）

この子の面倒を見ようという莞介の負担を少しでも軽くしようと、無理してそんなこと。鼻の奥がつんと痛んだ。

「久瀬はいつも、俺のこと優しいって言うけど……久瀬のほうが優しい。優し過ぎるよ」

ばかだよ。そう言って俯く。そんな莞介に、久瀬は何も言わない。

莞介もそれ以上何も言わない。いや、言えなかった。何を言えばいいか分からなかったのだ。

『あぶぶぅ！　だぁあ、ぶぶぅ』

赤ん坊のはしゃぎ声だけが転がる沈黙が、どれほど続いただろう。

「どうして、そう思う」

先に、久瀬が口を開いた。

「俺は、とんでもない我儘《わがまま》を君に言っているんだ。渋る君から強引に事情を聞き出し、首を突っ込んだ挙げ句、俺の都合で、君に俺の家に来いとまで言っている。それなのに……っ」

淡々と話していた久瀬の声が途切れる。莞介がおもむろに、久瀬の胸に自分の耳を押しつけたからだ。そして、聞こえてきたのは、ドドドドドという、尋常ではない心臓の鼓動。

莞介は眉をハの字に下げて、そっと離れた。

「……ほら。久瀬、また心臓……すごいことになってる。……逢うと、こんなに緊張する俺が家にいたんじゃゆっくり休めない、疲れるばっかりで、倒れちゃうよ。だから……っ」

突然、手首を掴まれて肩が跳ねた。瞬間、久瀬の手が離れる。

「すまない。つい。だが……」

不自然に言葉が途切れる。見上げてみると、俯く久瀬が見えた。

表情は一目見ても分かるほどに強張っている。それが何を意味しているのか分からず戸惑っていると、久瀬がまた口を開いた。

「君の言うとおり、まだ緊張はしている。だが……決して、疲れたりしない！」

少々早口で、そんなことを言ってくる。「は？」と声を漏らすと、久瀬の瞳がわずかに揺れた。

「確かに、緊張したら疲れる。実際、疲れているのかもしれない。だが……疲れただなんて感じない！　そんな暇はない。相楽とまた、こうして逢えるのが、その……嬉しくて」

「……っ！」

「だから、一緒に住もうと言ったのも、一番の理由はこの子だが……一緒に住めば、相楽ともっと逢えると、思ったからでもあって、その……」

抑揚のない声で途切れ途切れに言っていたが、じぃっと見つめてくる莞介の視線に耐えかねたように黙って、カクカクした動きで俯いてしまう。そのさまに、莞介は口をあんぐりさせた。

久瀬が壊れかけたロボットのようにぎこちなくなってしまったこともそうだが……緊張の疲れを感じる暇もないくらい、莞介と逢うことを喜んでくれているとか、一緒に住めばもっと莞介と逢えるという気持ちもあったからだとか！

顔が熱くなって、莞介も久瀬と同じように俯いた。すると、かすかだが、息を呑む気配が聞こえて、

「……すまない」

上からそんな言葉が落ちてきたものだから、弾かれたように顔を上げぶんぶん首を振った。

「そんな！　久瀬が謝ることないよ。だって……」

莞介は口をつぐんだ。この先を言っていいのか、躊躇ったのだ。でも、久瀬は一生懸命自分の気持ちを教えてくれた。だから……恥ずかしくても何でも、自分もちゃんと言わないと！

「お……俺も、考えた。い、い、一緒に住んだら、たくさん久瀬に逢えていいな、とか……早く、今の俺に慣れてくれるかな……とか」

そこまで言って、口が止まる。久瀬が真顔で凝視してきたから。

久瀬は今、自分のことをどう思っているだろう。自分はともかく、赤ん坊を拾ったお前が、何を暢気《のんき》なことを考えているのだと呆れている？

「だ、から……えっと、余計に、お前に悪いって思ったんだ。俺だけがよくて、久瀬は我慢して苦労ばっかりって……でも」

莞介は赤くなった顔を上げ、固まっている久瀬の顔を見つめて訊いた。

「ほ、本当に、無理してないんだな？　この子のこと抜きにしても、俺と暮らしてみてもいいって思ってくれた……」

「ああ」

食い気味に即答された。莞介はほっと息を吐き、頬を綻ばせた。

どれくらいかは分からないが、少しでも久瀬が自分と同じ気持ちでいてくれたことに安堵《あんど》して……嬉しいと思った。だから。

「ありがとう。だったら……もし、本当に困ったことになったら、お願いするかもしれない。その時はよろしく頼む」

素直に、そう頼むことができた。とはいえ、内心は……そこまで本気ではなかった。

今しているのは万が一の話。この子の親がすぐに見つかれば何の問題もないし、仮にすぐ見つからなくても、二、三日の間なら何とか持ち堪《こた》えられるはず……なんて思ったのだが——。


翌朝。晩秋の涼やかな空気に促されるように、マンションの前に生えている街路樹の銀杏《いちょう》が綺麗に色づいた。そして、

「わあああ！」

その銀杏が震えるくらいの悲鳴が、マンションの一室、莞介の寝室から上がった。

スマートフォンのアラームに促され、寝惚け眼《まなこ》を擦りつつ上体を起こした途端、こちらに向かって倒れてくる本の山が、視界に入ったのだから無理もない。

寝起きな上に運動神経皆無の莞介に、「とっさに避ける」だなんて芸当ができるわけもなく、本の集中投下をもろに喰らってしまった。

ほとんどが文庫本だったが、中には分厚いハードカバーのものもあったからかなり痛い。

「う、うう……い、たい……っ！」

本の角が当たった頭を押さえて悶えていた莞介は、即座に飛び起きた。赤ん坊の泣き声が聞こえてきたからだ。見ると、自分より少し離れたところで赤ん坊が泣いていて、そのお腹の上には文庫本が載っている。

「わあぁ！　大丈夫か？　怪我とかしてないか？　……よかったあ。驚いただけか」

怪我がないことを確認して胸を撫で下ろすが、赤ん坊はまだ泣きやまない。

「ああ。怖かったか？　大丈夫。もう怖くないから……」

「ばうばう！」

「ふぁあ。あくびが『おむつじゃにゃいか』と言っているぞお」

いつの間にか部屋に入ってきたあくびが、鼻をくんくんさせながら啼き、そのあくびの背中の上で丸まったままのナツメが欠伸交じりに言う。

おむつを確かめてみると……あくびの言うとおり、おむつだった。

慌てておむつの替えを取りに行こうとしたが、散乱した本に滑ってずっこける。

ナツメたちは盛大な溜息をついた。

「全く、己の世話も満足にできん分際で、よく赤子を預かる気ににゃったものである」

「あ……はは。おっしゃる、とおりです」

苦笑しつつ、どこかに置いたおむつを探す。その間、莞介は昨夜のことを思い返した。

久瀬と一緒に暮らして、赤ん坊の面倒を見る。ありがた過ぎる申し出だが、頼むことはそうそうないと思っていた。それなのに、拾った赤ん坊とともにマンションに戻った後、久瀬が危《き》惧《ぐ》したとおりの事態になった。

誰もこの子のことを知らないし、この子が何の妖怪なのかさえ分からない。知り合いの妖怪にも訊いてみてくれるそうだが、すぐには見つからないだろうとのこと。

唯一の救いといえば、赤ん坊が粉ミルクを飲んでくれたことぐらい。

食べ物は人間の赤ん坊と同じようで、そこには安堵したが、この子がなかなか元気な子で、ちょっと気を抜くとどこまでもころころ転がっていったり、何でも口に入れようとしたりするから目が離せない。莞介の部屋は色んなものが乱雑に置かれているから余計に。

――莞介！　おむつを替えている場合ではにゃい！　この赤子、今口ににゃにか入れたぞ！

――ええっ？　お前、何食べて……わああ！　寝返り打ちながらおしっこしないで！

赤ん坊を部屋に連れてきて二時間も経たないうちに、相楽家は阿《あ》鼻《び》叫《きょう》喚《かん》に包まれた。

その最中に、久瀬からの着信。赤ん坊の家族捜索がどう進展したか、気になってのことだろう。でも……。

——おい。にゃぜ出てやらん。この赤子を心配しての連絡ではにゃいのか？

——は、はい。そうなんですけど……実は、久瀬に言われたんです。この子を預かることになったら、俺の家に来い。そしたら家事の負担だけでも補ってやれるからって。だから、今の状況を話したら、久瀬が何て言うか……あ！

莞介は声を上げた。ナツメがスマートフォンに駆け寄り、通話ボタンを肉球で押したのだ。

——もしもし！　吾輩、莞介の同居人のニャツメである。にゃ、にゃんでもいいから助けてくれにゃのである！

——！　ナ、ナツメさんっ。そんな、勝手に……わあ！　そっちに行っちゃ駄目。

止めようとしたが、赤ん坊が本の山に勢いよく転がっていくものだから制止できず。

ようやく宥《なだ》めて大人しくさせた頃には、何をどう話したのか分からないが、明日から久瀬の家に住む段取りがすっかり出来上がってしまっていた。抗議しようとしたが、

——久瀬に悪いと言うが、では、我らには悪いとは思わにゃいと？

そう言われては何の反論もできない。ナツメの言うとおり、自分が突然連れ帰ってきた赤ん坊のせいで、ナツメたちは多大な迷惑を被ってしまっている。

「すみません」と謝ると、ナツメたちは首を振った。

——てんやわんやではあるが、お前のしたことが間違っているとは思わん。お前のその性分のおかげで、吾輩もあくびもくしゃみも、今こうして生きているわけだし……我らもお前と同

じ状況になったら、この子を連れ帰って、どうにかしてやりたいと思ったに違いにゃい。そして、この子を目の前にした今、放り出すにゃど考えられん。

——ナツメさん……。

——それににゃ、久瀬という男、一本調子で不愛想極まりにゃい喋り方だが、莞介のことも赤子のこともしっかり気遣って心配していた。あの男にゃら大丈夫である。まあ、莞介が一番の親友だという男にゃのだから、最初から分かっていたことで、だからこそ、吾輩も電話に出たのだがにゃ。

ナツメのその言葉に、熱いものが内から込み上げてきた。

——ナツメさん……！　ありがとう、ございます。久瀬をそんなふうに思ってくれて……。

——だからにゃ、我らも金持ちセレブの億ションについていくぞ！

——はい。一緒に行きましょう。金持ちセレブの……は？

復唱しかけて莞介は間の抜けた声を漏らしたが、ナツメたちは気づきもせず、

——セレブの社長が住むマンションにゃのだから、億ションに決まっている！　吾輩やあくびたちがいても全然余裕と言っていたから……夢が広がるのである！

——ば！　ば！　う！　ば！　ば！　う！

莞介のスマートフォンで「セレブ」を検索して興奮するナツメに「セ！　レ！　ブ！　セ！　レ！　ブ！」と啼きながら目を爛々《らんらん》と輝かせるあくびとくしゃみ。そして今。

「さてと、吾輩たちも準備準備。億ションにお泊まり～。億ションにお泊まり～」

あくびたちの「セレブコール」に合わせてそんな鼻歌を歌いながら、お泊まりの準備を始めるナツメ。他の妖怪たちも、「いいところだったら遊びに行くね！」とはしゃぎまくる。

その姿を見ると色々微妙な気持ちにならなくもなかったが……思わずスケッチしたくなるほど可愛いから憎めない。

と、本当にスケッチしつつ胸に去来するのは……強い自己嫌悪。

まさかこんなに早く、ナツメたちまで引き連れて、久瀬と暮らすことになるなんて。

しかもこれから、久瀬が昼休みに会社を抜け出して、莞介たちを車で家まで送ることにまでなっていたり……。

一人ではろくな世話はできないから。荷物を背負い、赤ん坊やナツメたちを連れ歩いて久瀬の家まで行くなんて無理だから。分かってはいるが、何というおんぶにだっこ。

自分の行動に責任も持てず、久瀬やナツメたちに迷惑ばかりかけて……我ながら何と情けない。自分で自分が嫌になる。だが、そうはいっても……。

『あぶぶぅ！　だぁだあ』

親が見つかるまで、この子の面倒を見ると決めた以上、己のメンツなど気にしている場合でない。みっともなくても何でも、この子のために自分ができる最善を尽くさねば。

赤ん坊を抱っこして感じる柔らかくて脆い感触を噛み締めながら、自分に言い聞かせた。

それから程なくして、インターホンが鳴った。出てみると久瀬だったものだから、莞介は目を丸くした。

「久瀬！　どうして……時間、まだのはずじゃ」

「思ったより早く会議が終わったから来た。荷物を運ぶのを手伝おうと思ってな。赤ん坊を抱いてじゃ、運ぶのは無理……っ」

「おお！　気が利くではにゃいか！」

久瀬の言葉を遮り、ナツメと、ついでにあくびたちが飛んできた。

「こんにゃにたくさんの荷物、一体どうするつもりにゃのかと思っていたのだ。莞介はこういうところに一々疎いから……うむうむ、頼もしい限り」

「……あ」

うんうん頷いているナツメと、お尻ごと尻尾をぶんぶん振っているあくびたちに、久瀬がわずかに目を見開く。

「うん？　久瀬、どうかしたか？」

「……見える。……聞こえる」

ぎこちない手つきであくびたちに手を伸ばす。瞬間、くしゃみが思わずといったように「ばう！」と啼いて、久瀬の掌に右の前肢を乗せた。その前肢をじっと見つめ、

「……触、れる」

掠れた声を漏らす。莞介は目をぱちくりさせた。

「え？　……ああ。普通の動物から妖怪になった猫又や、石像を依り代にしてる神獣は、普通の人間でも見えるし聞こえるから……って、言ってなかったっけ？」

「いや……昨日、ナツメさんから聞いた。だが、実際こうして目の当たりにすると……すごく嬉しい。相楽が見ている世界を、初めてこの目で見ることができた」

「！　久瀬……」

息を呑む莞介に、久瀬はほんのわずかだが両の目を細め、ナツメたちに目を向けて、

「皆、相楽が描いたとおりの人たちだ」

すごく可愛い。極々自然な口調で、さらりと言った。

ナツメたちはぽかんとしていたが、しばらくして耳の中を真っ赤にして身悶え始めた。

「か、かわ……っ！　ば、馬鹿者めっ。我らは日本男児である。かかか可愛いにゃどと言われても、全くもって嬉しくは……っ」

二本の尻尾で床をべしべし叩きながら早口にまくし立てていたナツメが、ピンッと耳を立てた。近づいてきた久瀬に、顔を覗き込まれたからだ。

「ありがとうございます」

「にゃ？　一体にゃんのこと……」

「こうして、俺に姿を見せてくれたのは、俺を信じてくれたってことだから」

嬉しいです。いつもどおりの淡々とした声音と表情で、そう言った。

途端、ナツメたちの動きが止まった。固まったまま、「は、はあ……」と間の抜けた声を漏らすと、久瀬は深々と頭を下げた。

「久瀬千景です。しばらくの間、よろしくお願いいたします」

礼儀正しく挨拶《あいさつ》すると、久瀬は莞介へと向き直った。

「持っていく荷物は？」

「へ？　あ……これだけど……あ」

「積んでくる」

端的に答えると、久瀬は衣類の入ったバッグを持ち、さっさと部屋を出ていってしまった。

ナツメたちは依然固まっていたが、ドアが閉まるなり、莞介に駆け寄ってきた。

「か、莞介！　あいつは一体にゃんにゃのだ！　あんにゃ台詞《せりふ》をあんにゃ真顔で淡々と……恥ずかしいったらにゃい！」

「ば、ばうばう」

皆して前肢で目許を押さえて、もじもじと縮こまる。そんなナツメたちに、莞介も「同じです」と、顔を赤くして縮こまった。

――すごく嬉しい。相楽が見ている世界を、初めてこの目で見ることができた。

（そうか……俺、初めて……俺だけが見ている世界を、久瀬に見てもらえたんだ！）

心が馬鹿みたいに打ち震えた。幼い頃からずっと、久瀬に自分の見ている世界を見せたいと思っていたから。

それに、普段ほとんど動かない表情筋が動いて浮かべられたあの笑顔。とても控えめではあったが、嬉しそうなのがはっきりと伝わってきて……！

「お、おい、莞介！　おさにゃにゃじみのお前が一番呆《ほう》けてどうする。しっかりしろ！」

ナツメからそんなツッコミを入れられるくらい舞い上がってしまった。

だが、すぐに……そんな歓びが軽く吹っ飛ぶようなことを久瀬がやらかした。

まずは車。姿を消したナツメたちと、赤ん坊を連れて駐車場に下りると、久瀬の車があの青いスポーツカーから、ファミリーカーのような大きな黒い車に代わっていた。驚いてそのことを尋ねてみると、

「ああ。あの車じゃ皆乗れないからな」

真顔でそう言った。しかも後部座席には、「赤ん坊を車に乗せるのだから当然」と、やたらと立派な回転式のチャイルドシート完備。

これだけでもかなり驚いたのだが、こんなのは序の口。

案内されたのは、高級マンションが建ち並ぶ街中にでんと聳《そび》え立つタワーマンションで、数人のコンシェルジュが出迎えてくれた広いエントランスには、滝まで流れていた。

案内された久瀬の部屋も……まさかのワンフロア。

ピカピカに磨かれた大理石の玄関。吹き抜けや、摩天楼を一望できる大きな窓がある、三十畳以上ありそうなリビング。莞介の部屋より広いアイランドキッチンやバスルーム。木や花が植えられた、池まである中庭などなど。

部屋数は軽く十を超え、それら全部の部屋が、壁紙から調度品、家具に至るまでモダンでシックなものできっちりと統一され……そのどこまでも完成された空間は、さながら一流ホテルのよう。と、部屋を案内されながら呆気《あっけ》に取られていると、

「それから……これは、急いで作らせたもので申し訳ないんだが」

そう言って、ベビーベッドや子ども用の家具、おもちゃを揃《そろ》えた立派な子ども部屋まで見せてくるものだから、とうとう口をあんぐり開いてしまった。

「あ、あ……こ、ここまで……用意、してくれたの？」

「ああ。俺たちは育児未経験者だからな。こういう準備はできるだけしておいたほうがいい」

事もなげに久瀬は言った。いや、正論ではあるが、何というか……。戸惑っていると、あくびが「ばうばう」啼いた。

「にゃに？　『お掃除が大変そう』だと？　あくびよ。大変そうではにゃい。絶対大変のはず」

「掃除、洗濯、ごみ捨てなどの家事はマンションのほうでやってくれます」

「そうそう。プロに任せにゃいとやってられにゃ……はあっ？　やってくれるっ？」

驚きの声を上げるナツメに、久瀬は淡々と頷く。

「はい。オプションのサービスです。だから、相楽たちを呼んだんです。ここにいれば、家事は全部業者がやってくれる」

「……っ」

莞介は小さく息を呑んだ。しかし、誰もそのことには気づかず、話は進んでいく。

「え？　お、おぷ……？　……そ、そんにゃものまでついて、この部屋一体いくら」

「さあ。税金対策の一環として会社で買ったものなので、詳しいことは……」

久瀬は口を閉じた。久瀬のスマートフォンが鳴ったのだ。

「失礼」と断って電話に出ると、久瀬の形の良い眉がわずかに動いた。

「……はい。……分かりました。すぐに戻ります。……相楽、悪い。急いで戻ることになった」

「へ？　あ……う、うん」

呆気に取られ過ぎて、とっさにそれだけしか答えられない莞介をしり目に、

「俺の仕事部屋以外ならどこでも好きに使ってくれていい。とりあえず、七時には戻るつもりではいるが……また連絡する」

早口に言うと、久瀬は颯爽と出ていってしまった。

久瀬がいなくなってからも、皆固まって動けないままだったが、

「にゃんというか……別世界である」

しばらくして、ナツメが溜息交じりに言うので、莞介はこくりと頷いた。

確かに、何もかも別世界過ぎる。

この部屋自体もそうだが……必要なことだからと、一時的に預かるだけの赤ん坊のために、たった一晩で、チャイルドシート付きのファミリーカーどころか、立派な子供部屋まで用意してしまうなんて、とてもではないが自分にはできない。それから。

――だから、相楽たちを呼んだんです。ここにいれば、家事は全部業者がやってくれる。

「……。……本当に、別世界……っ」

莞介はびくりと肩を震わせた。突如、カーテンが独りでにしまったのだ。

見ると、テーブルの上に置いてあったリモコンに前肢を乗せたまま固まっているくしゃみの姿があったものだから、ナツメとあくびが一目散に駆け寄った。

「今のはお前がやったのか？　このボタンを押したのか……わあ！　暖炉に火がついたあ」

「ば、ばうばう！」

いまだかつて見たことがない仕掛けに、三人はすっかり舞い上がって、嬉々として色んなボタンを押して遊び始めた。

その声に反応したのか、抱いていた赤ん坊が『きゃっきゃ』と笑い出した。誰かの笑い声を聞くと、自分も楽しくなるのだろうか？

（……優しい子）

「いい子だね」と、頭を撫でてやりながら、莞介はもう一度部屋を一つ一つ見て回った。どの部屋も、見れば見るほど立派で、乱雑でだらしない自分の部屋とは大違い……いや。住んでいる部屋だけではない。財力は勿論……価値観も違う。

いくら豪華で快適でも、こんな……一分の隙もなく、細部に至るまで全部が完成された……生活感が全くない、冷ややかで無機質な世界にたった独りで住むなんて、自分なら嫌だ。

でも、久瀬は何とも思っていないようだった。それに。

――だから、相楽たちを呼んだんです。ここにいれば、家事は全部業者がやってくれる。

「……」

久瀬が言ったこと、何も間違っていない。莞介も久瀬も忙しくて、こうすることが一番効率的で合理的。

正しくて、とてもありがたいことで……久瀬は赤ん坊や莞介たちを心から気遣ってくれている。分かっている。でも、なぜだろう。あの言葉を聞いた時、じくりと胸が痛んだ。

『ぶっぶぶぅ！　きゃっきゃっ』

「このおもちゃ、気に入ったの？　よかったね」

用意されたおもちゃに囲まれて大はしゃぎの赤ん坊を見ても治まらない。なぜか、刺すように冷たい風に打たれた時のような、ズキズキとした痛みが走って――。

『あ？　あぅあ……ぶぅ！』

「……何だろね？　この感じ」

沈む莞介に気づいたのか、不思議そうにこちらを見つめてくる赤ん坊に苦笑した。

それから、おもちゃで一通り遊ばせた後、今度はキッチンへと足を向けた。

ここもやはり、何もかもが綺麗に整頓され、汚れ一つなくて……まるで一度も使われたことがない新品のよう。

食事も業者任せなのだろうか？　何の気なしに冷蔵庫のドアを開く。

莞介は目を見開いた。冷蔵庫の中に、使いかけの調味料や食材、調理された料理が入ったタッパーなどが置かれている。

（久瀬。料理するんだ……あ）

あるものに目が留まった。それは、衣をつける手前のコロッケのタネ。一つずつ丁寧にラップで包み、タッパーに入れてある。量的に考えて、二人分。

（夕飯の準備、してくれてる……！）

しかも、献立は莞介が一番好きなコロッケ。そう思った途端、顔がすごく熱くなって、胸がドキドキした。そんなものだから、六時過ぎに久瀬から着信があって、

『すまない。帰るのは七時と言ったが、九時過ぎまでかかりそうだ。それで……デリバリーの説明をしていなかったと思うんだが……』

「いいよ！」

久瀬の言葉を遮り、大声を出していた。

「待ってる。久瀬のコロッケ食べたい……あ」

勢いよくまくし立てた莞介は、はっとした。久瀬の息を呑む気配が聞こえてきたから。

「あ、あ……ご、ごめん。冷蔵庫の中見て……あ。それに、疲れているなら他の日でも……」

『いや。……食べてほしい。待たせることになって、悪いが』

「！　う、ううん。こっちこそ、ごめん。でも……ありがとう」

た、楽しみに待ってる！　声を上擦らせながらも答えて、莞介は通話を切った。

その後、寝かしつけた赤ん坊をナツメたちに託し、宛てがってもらったゲストルームの一室でイラストの仕事にとりかかったが、心はふわふわと浮き立ったまま。

先ほどまで、原因不明のもやもやに悩まされていたくせに、馬鹿みたいに……。

浮き沈みの激し過ぎる自分の感情を持て余し、顔を上げて息を吐く。

その時、ふと目に留まった時計に驚く。九時四十分っ？

慌ててスマートフォンを見ると、八時半過ぎに「今から帰る」という連絡が来ていて……全然気がつかなかった。

（久瀬……帰ってきてるのかな？）

部屋を出る。そして、まずは隣の子ども部屋を確認する。

電気はつけっぱなしだったが、赤ん坊はベビーベッド、ナツメたちは床でそれぞれのお尻を枕にすやすやと眠っていた。はしゃぎ疲れて眠ってしまったらしい。

　くすりと笑いつつ電気を消して、今度はリビングのほうに行ってみる。すると、リビングの奥にあるキッチンから物音が聞こえてきた。

　そこにいるのだろうか？　と、中に入って、莞介は息を呑んだ。

　キッチンには、皿に料理を盛り付ける久瀬の姿があった。

　ジャケットを脱ぎ、ネクタイを解いたベスト姿で腕まくりして、顔には黒縁眼鏡……眼鏡っ？

　驚愕していると、久瀬がこちらに顔を向けてきた。

「仕事、終わったのか……？」

　久瀬は小さく首を傾げた。莞介が口を開いたまま、ぽかんとしているからだ。

「相楽？　どうかしたか」

「め……め、がね」

「え？　……ああ。いつもはコンタクトなんだが、いい加減目が疲れたから。それが？」

「あ……うん。十二年前と同じ眼鏡してるから、その……はは」

　思わず笑ってしまう。ますます首を傾げる久瀬に、莞介は首を振った。

「ご、ごめん。でも……実は俺、すごくショックだったんだ。一目見て、久瀬だって分からなかったこと。久瀬は、すぐ分かってくれたのにって」

「……相楽」

「でも、今なら久瀬だって一発で分かる！　で、よくよく考えてみたら、俺……久瀬が眼鏡外したとこ、見たことなかったんだよな。だから分からなかった。たった、それだけのことで」

よかったあ。そう言って、頬を綻ばせる。

嬉しかった。あの頃と同じ黒縁眼鏡をかけたら、びっくりするくらい久瀬だったことも、一目で久瀬だと分からなかった理由が些細なことだったのも。

でも、浮かれている自分を真顔で凝視してくる久瀬を見ていると、だんだん恥ずかしくなってきた。

「あ……ごめん。変なこと言って。というか、目が疲れるなら、俺の前では眼鏡にしてればいい……いや！　むしろしてくれ！」

眼鏡をかけているほうが実にしっくりきたせいなのか何なのか。無性に眼鏡をかけた久瀬のほうが好ましく思えて力いっぱい頼むと、久瀬は「あ、ああ」と少々ぎこちなく頷いた。

「ありがとう！　……あ！　そうだ。それと……遅くなったけど、おかえり！」

にっこり笑って続けてそう言ってやると、久瀬が目を見開いた。

「久瀬？　どうかしたか？」

「……いや。……。た……ただい、ま。それで……飯、もう食えるがどうする？」

やたらと間を置いた後、久瀬は目を逸らして、やたらと早口にそう訊いてきた。

「え？　うん！　食べる」

頷くと、久瀬は恭《うやうや》しく椅子を引いてくれた。

またも淑女にするような所作に照れつつ席に着いて、改めてテーブルを見る。

キャベツのみじん切りが添えられ、からっと揚げられた小振りのコロッケ。細切りの大根、榎《えのき》茸《だけ》と豆腐の入った味噌汁。温野菜のサラダ。茄子《なす》と胡瓜《きゅうり》のお新香。

それらがそれぞれ、陶磁器の皿に……それこそ、料亭で出てくるそれのように、とても綺麗に盛り付けられている。

「久瀬！　すごく美味《おい》しそう！」

思ったままを口にすると、久瀬は茶碗によそったご飯を差し出してきながら、「……ああ」といやに低い声で答える。

「ありがとう。じゃあ、いただきます！　……わあ！　久瀬！　今の音聞いたか？　サクサクッて音がした！　なのに中、すごく柔らかい」

いつも近所のスーパーで買ってるコロッケと全然違う！　箸《はし》でコロッケを切っただけで感動する莞介に久瀬の声がますます低く、早口になる。

「……先に、食べたらどうだ。冷える」

「え？　ああ、そうだな。じゃあ……うんん！　美味しい！」

「……。……本当か？」

「うん！　衣はサクサクしてるんだけど脂《あぶら》っこくないし、中身はほくほく柔らかで……これ、何の甘さかな？　玉葱《たまねぎ》？　人参《にんじん》？　ジャガ芋《いも》？　分からないけど、このほんのり甘いのがすごくよくて……びっくりするくらい美味しい」

食べながら思ったままを口にする。口に物を入れたまま喋るなんてはしたないと分かってはいたが、どうしても伝えたかった。

独りで外食する趣味はないし、外食をともにするほど親しい人間の友だちもいない。

自炊ができないことはないが、面倒くさがってついコンビニ弁当やスーパーマーケットの惣菜で済ませてしまう。そんな自分にとって、この料理は感動ものだ。

「このサラダにかかってるドレッシング、食べたことない味だけど美味しい。なんて言うんだ……久瀬？　久瀬！」

「……っ」

手を叩いてみると、それまで彫刻のように固まっていた久瀬の肩が、眼鏡がずり落ちそうなほど大きく跳ねた。

「……すまない。また気が遠く……いや。……気に入ってくれて、よかった」

所在なげに眼鏡を直しながら、目を合わせず壊れたロボットのような口調で言う。莞介は「照れてる」と内心微笑ましく思いつつ、話を続ける。

「うん！　でも、久瀬がこんなに料理が好きだなんて思わなかったな」

「……好き？」

「うん。好きじゃなきゃ、ここまで上手くなれないだろう？」

何の気なしにそう返すと、久瀬は目の前の料理に目を落とした。それから少し間を置いて、こう口を開いた。

「……そうだな。好きだ」

「そっか！　そうだよな。やっぱり好きだからここまで……」

「料理は、どんなに一生懸命作っても、すぐに食べる。だからそう易々と壊されないし……たとえ壊されても、どうせ食べてしまうものだから、それほど心は痛まない」

「……！」

無感情な声音で告げられたその言葉に、一瞬にして体中の血が冷えた。

（壊される？　それって……）

動揺のあまり、上手く考えられない。そんな莞介の胸中に気づいていないらしい久瀬は、さらにこう続けた。

「とはいえ、料理を趣味にしてきてよかった。こうして、相楽に気に入ってもらえたんだから」

「！　久瀬……」

「なあ、相楽」

改まったように、久瀬が莞介の名を呼んだ。それから顔を上げ、真っ直ぐに莞介を見た。

「頼みがある。食事は、俺に任せてくれないか？　しばらく、今日みたいに遅くなる日が続くかもしれなくて、そこは大変申し訳ないんだが……せめてそれくらいは、自分の力でやりたい。あの子を救おうとしている君を助けたいと言っておいて、全部金の力で何とかするのは、どうしても嫌なんだ」

このままじゃ、君にもあの子にも悪い。

そう言った久瀬の目には、平生にはない強い光が宿っていた。

それが何を意味しているのか、莞介には分からない。けれど、そのどこか必死な瞳を見ていると、無性に目頭が熱くなって――。

「……相楽？」

「あ……ご、ごめん。久瀬は優しいなと思ったら、何か……あっ！」

何と言っていいか分からず、込み上げてくる涙を拭っていた莞介は、突如立ち上がり、リビングへと走った。赤ん坊の声が聞こえたのだ。

すると、ナツメたちに任せていたはずの赤ん坊が、「あぶぶぶぅ」とご機嫌な声を上げながら、こちらに勢いよく転がってくるのが見えたものだからぎょっとした。

「お前！　どうやって抜け出して……け、怪我はっ？　……よかった。怪我はない……わっ」

抱き上げて怪我を確認していた莞介は声を上げた。久瀬が近づいてきた途端、赤ん坊が暴れ出したのだ。

「相楽。今、赤ん坊を抱いているのか……っ」

久瀬が息を詰める。遠慮がちに伸ばした指を、赤ん坊に掴まれたからだ。

『だあだ！　ぶ、ぶぅ！』

久瀬の指を握りしめて、赤ん坊が嬉しそうに笑う。そのさまに莞介は破顔した。

「そうか。お前、久瀬を出迎えに来てくれたのか」

「！　俺を、か？　そんな……何もしていないのに」

「確かに直接はな。でも、ちゃんと分かるんだよ。久瀬が自分のために色々してくれてるって。この子、きっととってもかしこいんだ」

久瀬の瞳が戸惑うように揺れた。

それからもう一度赤ん坊へと目を向ける。その眼差しは何だか寂しげで苦しそう。そう思った時だ。

「なあ、相楽。この子に名前をつけよう」

久瀬がいきなり、そんなことを言い出した。

予想外の言葉に面食らう。突然どうしたのだろう？　久瀬の胸の内が分からない。とはいえ。

「……そうだな。本当の名前で呼ぶのがいいんだろうけど、いつまでも『この子』じゃ可哀想かも。……で？　そんなことを言い出すってことは何かいい名前が浮かんだのか？」

「一つだけ。けど、相楽がつけたいなら」

「何だ？」

身を乗り出して食い気味に尋ねる。久瀬は莞介から視線を逸らしてしばらく逡巡した後、スマートフォンに何やら入力して差し出してきた。直接口にするのは恥ずかしいらしい。

可愛いと笑いを噛み殺しつつディスプレイを覗き込む。

表示されていたのは、楓のことについて書かれた記事。

「楓……ああ！　この子を見つけた時、楓の木の下にいたから？」

尋ねると、「それもあるが」と言いつつ、久瀬はある箇所を指差した。

『楓の花言葉は「謙虚」「自制」「大切な思い出」』

「『大切な思い出』になるくらい、ちゃんと面倒を見て……親が現れたら、『自制』して『謙虚』な気持ちで快く引き渡す」

「！　久瀬……」

「それをいつも、肝に銘じて……面倒を見たい。本当なら、『こういう子になってほしい』という願いを込めて名付けるものだが、俺たちは親じゃないから」

その声音は、いつもどおりひんやりとしていた。言葉の意味も、一見赤ん坊を突き放しているように聞こえるが、赤ん坊を見つめる瞳は、先ほどと同じく必死だった。

心を込めて面倒を見なければならないが、この子はあくまでも一時的に預かっているだけ。

そのことを、名前につけてまでして肝に銘じようとする久瀬の、生真面目で深い情に、莞介は胸が詰まった。そして、久瀬が「楓」という名に込めた想いを反芻《はんすう》する。

「『大切な思い出』。『自制』。うん……うん！　いいと思う。俺たちがつけるにはぴったり…」

『ぶぅ！　ぶぶぶぅ』

莞介の言葉を遮るように、赤ん坊が声を上げた。

「うん？　どうした？　ぶうぶう、ぶうぶう……あ！」

莞介は目を輝かせて、久瀬を見た。

「なあ、久瀬。字はこれにするとして、読み方は音読みの『ふう』にしないか？」

「……ふう？」

「うん。この子、口癖が『ぶう』なんだ。それに……『かえで』ちゃんって言うより、『ふう』ちゃんって感じなんだよな」

ほら。と、莞介はひとまず赤ん坊をソファに下ろして、ポケットに入れていた小さめのスケッチブックを取り出し、手早く満面の笑みで久瀬の指を握っている赤ん坊の絵を描いてみせた。

それを見て、久瀬は「ああ」と声を漏らした。

「確かに。『ふう』って感じだ。……うん。じゃあ、『ふう』にしよう」

久瀬が頷いてくれたので、莞介は赤ん坊へと顔を向けた。

「聞いたか？　今からお前は『ふうちゃん』だ。お前のお父さん、お母さんが見つかるまでの間、よろしくな？　ふうちゃん」

莞介がそう呼びかけると、いまだに久瀬の指を握りしめたままでいる赤ん坊……楓《ふう》が『ぶぅ！　ぶぶ、ぶぶう！』とはしゃいだ声を上げた。

「久瀬！　ふうちゃんが喜んでる！　えっと……こんな感じで！」

またスケッチしてみせる。久瀬は描き上がっていく絵を無言で見つめていたが、不意に「覚えているか？」と口を開いた。

「俺が昔、君が見ている世界が見えないのに、千景……『たくさんの景色』だなんて名前、嫌だって言ったこと。君は、その時こう言ってくれた。だったら、自分が絵に描いて見せてあげるって」

「……久瀬？」

「あの頃も、今も……この名前は、君がいて初めて、成立するんだな」

莞介が描いたスケッチから、楓の小さな手に握られた指先へと視線を転じ、独り言のように呟く。

（あの頃も……今も？）

あの頃、久瀬は入院中の父親と離れ、母親と二人で住んでいた。しかし、母親は生活費や父親の入院費を稼ぐため、ほとんど家にいなかった。

参観日にも運動会にも一度として来たことはない。当然、旅行はおろか、お出かけもなし。だから夏休みや冬休み明け、両親が色んなところに連れていってくれたと楽しげに話すクラスメイトたちを、寂しげに見つめていたものだ。

だから、千景という名前が嫌いだと言った時、莞介と同じように妖怪が見えないこともあるだろうが、どこへも連れていってもらえない寂しさもあるのだろうなと思って……全快した父親と暮らすために引っ越すことになった十二年前、離れ離れになるのは悲しいが、よかったとも思ったのだ。

これで、久瀬は家で独りぼっちになることはない。これまで寂しい思いをした分、目いっぱい両親と過ごし、ともに様々な景色を見るのだと。

それなのに、久瀬はあの頃も今も変わらないと言う。

家には独りで住んでいて、壊されても惜しくないからと料理を趣味にし、金だけ出して放置するという行為を嫌悪して……両親とはぐれた、見ず知らずの赤ん坊にこんなにも親身になる。

なあ、久瀬。お前、この十二年間どう生きてきたんだ。

いつかすんでのところで噛み殺した問いが、また喉元まで出かかる。

それでも……やっぱり、今回も言えなかった。

赤ん坊を見つめる久瀬の横顔が、ちょっと触れただけで壊れてしまいそうなほど脆く、痛々しく見えたから。それに——。

それから、一カ月ほどの時が過ぎた。

街路樹の銀杏は枯れ落ち、冷たい木枯らしに弄《もてあそ》ばれている。

本格的な冬までもう少し。しかし、依然として楓の親は見つからなかった。

友だちの妖怪たちが方々捜してくれたし、莞介も毎日出歩いて、出会う妖怪たちに楓のことを尋ね、楓のスケッチを見せて回ったが、手掛かり一つ見つけられない。

莞介は焦り始めていた。どんなに遅くとも、一、二週間くらいで親は見つかると踏んでいたのだ。

何せ、楓は丸々太っていて、人懐こくて、ころころ笑って……両親はじめ家族にたっぷり愛情を注がれ、慈しまれていたのだとひしひしと感じられた。だから、家族はこの子のことを血眼になって捜しているだろうから、きっとすぐに見つかると。

けれど、こんなに捜しても、家族の行方どころかこの子が誰なのかさえようとして知れず。

この子はどこから来たのだろう。家族はどこへ行ってしまったのだろう。

まさか、この子を捜す暇がないほど大変な目に遭っているとかっ？　嫌な想像ばかりが浮かんできて焦る。とはいえ、それと同時に——。

「ふうちゃん、ふうちゃん。こっちにおいで」

『ぶぶぅ！　だぁだ！』

呼びかけると、勢いよく転がってきてにっこりと微笑む楓。ナツメたちと一緒に、涎を垂らしながらお昼寝する楓。一生懸命哺乳瓶のミルクを貪り飲む楓。ビックリ箱にびっくりして目を丸くする楓。

「『ぶうぶう』が口癖と言うから……」と、久瀬が買ってきた、ブタさんの耳つきフードとお尻に尻尾の飾りがついたロンパースが恐ろしく似合う楓。

どれもこれも一々、可愛くってしかたない。しかも、毎日世話をするうち、莞介に慣れてきたのか、ますます懐いてくるから、可愛さは日に日に増していくばかり。

赤ん坊に触れる機会なんて今までなかったが、こんなに可愛いとは思わなかった！

ナツメをはじめ、他の妖怪たちも莞介と同じだったようで、

「ほらほら～、ふうちゃん。こっちに来るのであーる！」

『ああ！　ナツメばっかりズルいぞ。ふうちゃん、今度はこのおもちゃでおれと遊ぼうねえ』

皆連日押しかけて、入れ代わり立ち代わり……奪い合うようにして楓の世話を焼きまくる。

中には、

『あー！　これがセレブの家かあ！　王様になった気分だなあ』

セレブ気分を味わいたいものも少なからずいたが、とにかく……皆、たくさん楓の世話をしてくれた。

それも、とてもありがたかった……が、一番助けてくれたのはやはり久瀬だった。

業者が掃除のために部屋に入ってくる時は、ナツメたちが見つからぬよう気をつけなければならなかったが、掃除、洗濯、ゴミ捨て、買い物などの家事を一切しなくてよくなったのは大きかったし、毎日作ってくれる朝ご飯と夕ご飯、昼のお弁当は絶品。

栄養バランスもかなり気を遣ってくれているようで、体の調子がどんどんよくなっていく。

さらには、几帳面な性格ゆえに、莞介のだらしなさが我慢できないのか、莞介自身の世話も……それこそ、ナツメたちから「ふうちゃんより世話されてどうする！」と叱責《しっせき》されるほど、焼きまくってくれて、気がつけば、やぼったかった身なりが恐ろしく小綺麗になった。

楓の姿が見えないし、聞こえないから、直接世話をすることはなかったが、莞介たちが楓の世話を焼く負担を減らすための工夫をあれこれ凝らしてくれた。

まず、楓の身長、体重、首が据わり、寝返りができる状態などから、楓が生後五、六カ月ほどであることを割り出し、その時期に合った世話の仕方を調べてくれた。

赤ん坊を扱う上での注意事項も書き出してくれ、ズボラで要領の悪い莞介のために、ミルクセット、おむつセット、お着替えセットもあらかじめ用意してくれた。

自分がいない時は、注意役はナツメに頼み、あくびとくしゃみにはおむつお着替えセットとミルクセットがそれぞれ入った小さなリュックを持たせ、サポートさせせて、

「久瀬……いつの間に、ナツメさんたちにそんなこと……」

「にゃ？　莞介、にゃにを気にしている。我々もふうちゃんの面倒を見ると決めたのだ。我々にできることにゃらにゃんでもするぞ！　決して、高級マタタビと高級ジャーキーに釣られたわけではにゃいぞ！」

ナツメたちへの根回しも完璧という徹底ぶり。

おかげで、初めての子守りをしながらでも、イラストの仕事に時間を割くことができた。

おまけに、久瀬に見てもらえると思うと、やる気がめきめきと湧いてきて、仕事も驚くほど楽しく捗《はかど》る。イラストを見た久瀬がしみじみと「可愛い」と呟いてくれようものなら、胸がいっぱいになって――。

本当に、久瀬にはいくら感謝しても足りない。

しかし、それと同じくらい、莞介は久瀬にハラハラしていた。

何というか、久瀬が無理をしている気がしてしかたないのだ。

一緒に暮らし始めてからも、久瀬は相変わらずの無表情だったが、不意に……両の目を細めて悲しげに俯くことがあった。

最初は気のせいかと思ったが、日が経つにつれてそのさまを見ることが増えていくものだから、こちらも心配が膨れ上がってくる。

先日、楓の名前を付けた時、様子がおかしかったことも気になるし、久瀬は決して弱音を口にしない男だから余計に……と、そこまで考えて、莞介は唇を噛み締めた。

久瀬は、友だちなんだから頼ってくれといつも言うが、莞介には絶対頼ろうとしない。昔からそう。

当時は、人には見えないものが見える自分を厭《いと》うことなく、温かく受け入れてくれる彼の気持ちが嬉しいばかりで、そこまで考えが及ばなかったが、大人になって、一緒に住むようになった今は気になってしかたない。

いまだかつてないほどそばにいても、この上なく大事にされるばかりで、何一つ頼ってもらえない。それどころか、「疲れた」の弱音さえ吐いてもらえないなんて……。

（久瀬にとって、俺って何なんだろう？）

あまりにも頼ってもらえないから、そんなことまで考え始めたある夜、真夜中に夜泣きする楓を抱いて久瀬の部屋の前を通りかかると、ドアの隙間から灯りが零れていることに気づいた。

その時は、特に何も思わなかったが、翌日もそのまた翌日も灯りがついていると、色々思わずにはいられない。

最初に考えたのは、仕事のこと。

居候し始めの頃はかなり忙しいようだったが、一週間も過ぎると、週に一、二度遅くなる日はあれど、七時過ぎには帰ってくるようになった。家にいても、仕事の電話がかかってきて席を外す、なんてこともなくなり安心していたのだが、あれは莞介を心配させまいと思うがゆえに、忙しくなくなった振りをしながら、陰では無理を重ねているのでは？

次に脳裏を過《よぎ》ったのは、久瀬が呟いた不穏な言葉の数々とその時浮かべていた表情。

気になって、改めてネットに久瀬の名前で検索をかけて調べてみたのだが、久瀬の輝かしい経歴に交じってヒットしたある文言に目を見張った。

『弟の千景は出来が悪くて』

（……弟？）

そんなのおかしい。久瀬は一人っ子だったはず……。

慌ててその記事を開いてみる。「久瀬正春《まさはる》」なる人物の、四年前のインタビュー記事で、彼が久瀬家の御曹司で、二十代という若さで青森《あおもり》支社《ししゃ》を任されるほど有能であることなどが延々書かれていたのだが、その中の家族という項目。

『久瀬さん自身大変優秀な方ですが、ご兄弟も素晴らしい経歴をお持ちですよね？　特に、次男の千景さんは留学先のアメリカで、学生でありながら会社を任されるほどの切れ者だとか』

『我が家の教育方針の賜物《たまもの》です。実は、弟の千景は出来が悪くてね。勉強が全然できないんです。特に英語が壊滅的。ちっとも覚えられない。なので、アメリカに留学させたんです。そしたら嫌でも覚えるしかないからね。うちはスパルタなんです』

（……何だ、これ）

自分が知っている事実と、まるで違う。

これが一体何を意味しているのか、莞介には分からない。けれど。

『まあ、実を言うと今も出来が悪いんですけどね。そしたら、総帥が甘くって、心配だ何だって、優秀な人材をあいつの許にたくさん送りつけて、今みたいなことに……はは。俺も出来が悪ければよかったなあ』

この言い草。完全に久瀬を見下している。世間からの評価も不当で、面白くないと言わんばかりで、兄弟としての親しみなど一欠片《ひとかけら》も感じられない。

それは、久瀬の身に何か悲しく、辛いことが起こったのだと容易に想像させた。

そして、楓の面倒を見たいと切望したのは、どうもその時の自分と楓を重ねたからのようで――。

そう思ったからこそ、莞介は心配に思いつつも何も言わなかった。楓を救うことで、久瀬の中の何かが癒やされてくれればいいと。

だが、久瀬が俯くようになったのは、楓の面倒を見るようになってから。

楓を見ているうちに辛い記憶が蘇《よみがえ》り、苦しんでいる?

他にも色々思い浮かんだが、いずれにしろ、このまま放っておくことはできない。

何か苦しんでいるのなら話してほしい。自分ではそこまで役に立たないかもしれないが、独りで抱え込むよりはずっといいはず。

そう思って、深夜久瀬の部屋へ行った。別の時間に行ったのではうやむやにされてしまうと思ったのだ。

（よ、よし！　頑張るぞ）

久瀬は頭がよくて弁も立つから、負けないようにしなければ。そんな意気込みのもと、ドアをノックしようとした……その時。

『ウケケケケケ！』

「……っ！」

突如部屋の中から聞こえてきたけたたましい笑い声に、莞介は仰天した。

あまりの衝撃に、その場から逃げ出す。

（え？　え？　な……何？　今の……久瀬の声っ？　まさか！）

久瀬はあんなふうに笑ったりしない。何かの間違いだ！　でも、空耳にしてははっきりと聞こえたわけで。

自室に戻り、冷静に考えようとするが、考えれば考えるほど訳が分からなくなってくる。

しかたなく、莞介はもう一度久瀬の部屋へ向かった。せめて、あの笑い声が空耳かどうかぐらいは確かめたい。

（どうか、空耳でありますように……）

もしあの笑い声が久瀬のものだとしたら、今相当まずい精神状態ということになってしまう。

半ば祈るような思いで、再び久瀬の部屋の前に立つ。その瞬間。

『ウケケケケケ！』

また、あの笑い声が聞こえてきた。やっぱり、空耳ではなかった！

（久瀬！　お前、そんな笑い声出すくらい、追い詰められてたの……？）

そんなことにも気づかず、久瀬に世話を焼かれ、いい気になって。自分は何て最低の人間だ。友だち失格だ！　と、罪悪感と自己嫌悪に押し潰されそうになったが、

（……あれ？）

再び聞こえてきた笑い声に目をぱちくりさせる。よくよく聞いてみるとこの声、久瀬の声じゃない。聞いたこともない、別の男のものだ。しかも、何やら電子音っぽい。

（久瀬、本当に何してるんだ……っ）

頭の中が、罪悪感や自己嫌悪の代わりに「？」でいっぱいになったところで息を呑む。足音が、こちらに近づいてくる！

慌てて隣の部屋に駆け込む。その直後にドアが開く音がし、続いて遠ざかっていく足音。

こっそり廊下を窺ってみると、キッチンへ向かう久瀬の後ろ姿が見えた。それから、半開きになった、久瀬の部屋のドア。

「……」

覗き見なんて、本当はいけないこと。だが……どうしても！　あの笑い声の正体が気になる！

(ごめん、久瀬!)

心の中で詫《わ》びて、莞介は足を踏み出した。

小さく息を吸い、部屋の中を覗き込む。

まず、最初に目に入ったのは、たくさんの本がぎっしりと詰まった本棚たち。次に、大きくて立派なデスク。その上には、液晶モニターが三つ。キーボードが二つ。

そして、デスクの真ん中にでんっと鎮座する……逆立った赤毛、血まみれの両手、血走ったぎょろ目を剥いた般若《はんにゃ》顔に、ギザギザの鋭い歯を剥き出しにして、にたぁっと邪悪に微笑む、大きな人形——。

(……え? ええ?)

久瀬が、ますます分からなくなった。

＊＊＊

重役たちとの役員会を終え、社長室のデスクに着いてすぐ、久瀬の形のよい眉がひくりと動いた。

メールフォルダを立ち上げた途端、義兄である久瀬正春の名が目に留まったからだ。

『お前、自分の境遇で同情心を煽って、爺さんに取り入ったな? そうじゃなかったら、お前みたいな愛想笑い一つできない欠陥品が東京支社の社長になれるわけがない。分不相応にも程がある。悪いことは言わない。今すぐその座を俺に譲れ。じゃないと、今に大変なことに……』

そこまで読んで、メールを閉じた。こんなもの、読む価値もない。だが、次のメールを見れば、送り主にまた久瀬の文字。今度は義母からだ。

開いてみると……正春に東京支社の社長の地位を譲れ。先日、「見合い」と称してアポなしで押しかけ、強引に押しつけていった女がお前のことを気に入ったそうだから結婚しろ。そして、お前のような表情筋が壊れた欠陥品に嫁を宛てがってやったことを感謝し、嫁ともども自分たち義家族に、これまで以上に尽くせ。などなど、好き勝手書かれていた。

『あんたの親は、自分の罪を償いもせず逃げた。親の罪は、子のあんたが生涯かけて償え』

（生涯をかけて……ねえ）

あんなに「死ねばいいのに」と、言い続けてきたくせに。

確かに、義母が久瀬に対してそう思う気持ちは分かる。

家名に泥を塗り、親戚に爪はじきにされた女の姉ということで、義母は周囲から散々責められ、辛い思いをたくさんしてきた。だから、母を……その子である久瀬を恨むのは当然だ。

それなのに、義母は両親に置き去りにされた久瀬を養子にした。

そして……義母は初めて会った久瀬を見るなり力いっぱい殴り、罵声《ばせい》を浴びせ、子どもたちに自分と同じことをするように言った。こいつはこんな扱いを受けて当然の人間だからと。

それからの義母の家での生活は、悲惨の一言だった。人権なんか、欠片も存在しない。

宝物も、全部壊された。

莞介と連絡を取るための携帯電話。莞介の連絡先が書かれていたノート。

勿論、莞介からもらった絵の数々も。

そして、必死で守り通してきた最後の一枚を、目の前で破られ、火をつけられた瞬間、久瀬の中の何かが壊れてしまった。

何をされても……表情筋はおろか、心も一切動かなくなり、声音も機械のようになった。

——辛いの？　なら、死ねばいいのに。

——本当は殺してやりたいけど、あんたなんかのために犯罪者になるなんて真っ平だから。

久瀬が何をされても眉一つ動かなくなっても、義母たちはそう言って久瀬を嬲《なぶ》り続けた。

それに気づいた祖父が、久瀬を義母たちから引き離しアメリカへとやったが、その後すぐに義弟が編入してきたため、状況は大して変わらなかった。

それだけ、義母が母たちにつけられた心の疵《きず》は深い。そう思っていたが、努力を重ねた久瀬がいつしか祖父のお気に入りとなり、自身の子どもたちよりも出世し始めた途端、今度は「生涯をかけて尽くせ」などと言い出した。

さらに……よくよく訊いてみれば、十二年前に久瀬を引き取ると言い出したのは、施設に入れるくらいなら自分の養子にすると祖父が言い出したせいだったらしい。

クゼカンパニーのトップである祖父の養子にしてしまっては、将来久瀬に会社全てを盗られるかもしれないと危惧してのことで……と、そこまで聞いて、久瀬は嗤ってしまった。

憎しみより、欲や打算が上か。その上、抵抗できない弱者にしか強く出られない。……全く。

さすがは、あの女の姉だ。

——千景。お母さん、あなたのことが大事でしかたないのよ。だって、あなたはお母さんとお父さんが恋をして生まれてきた結晶なんだもの。だから、大変だって分かっていてもあなたを産んだのよ。綺麗だわ。素敵だわ。

大事にするどころか、こちらをまるで見ていない、熱に浮かされたような潤んだ瞳で、歌うようにそう言って、愛おしげに頭を撫でてきたあの女の……っ。

ご大層で綺麗な言葉を並べ立てようが、所詮《しょせん》は汚い打算と身勝手に塗《まみ》れた、つまらない人間。

そんな母に同調し、散々周囲を傷つけた挙げ句に、我が子を捨てて母と遠くへ行った父だってそう。

そんな連中の罪を肩代わりする気も、断罪される気も毛頭ない。真っ平だ！

そう思ったから、懸命に勉強したのだ。もう誰からも、好き勝手されないくらいの力を持てるよう。

今得た地位ではまだ十分とはいえないが、それでも……もういい。たくさんだ。

もう、俺のやりたいようにやる。お前らに好き勝手されてたまるか。

なんて、強く思ってしまうのは——。

もう俺に構うな。これ以上干渉してくるならこちらにも考えがある。という主旨のメールを送信したところで、メールの受信を告げる音が鳴った。

この時間帯は！　胸が高鳴り始めたことを感じつつ、スマートフォンを手に取る。案の定、莞介からだ。

『今日もお弁当ありがとう。すごく美味しかった！　まず、玉子焼きだけど……』

弁当に入れたおかずを一つ一つ絶賛してくれるメールが次々と届く。けれど最後には、自分の言葉ではこの感動を伝えきれないと、美味しく弁当を食べる莞介のミニキャラクターと、その横で涎を垂らす楓とナツメたちのミニキャラクターのイラストが送られてきて——。

弁当を作った日は、必ずこんなメールがくる。

叫び出したいほど嬉しいが、莞介の労力を考えると気が引ける。何もここまでしてくれなくても。そういえば、

——だって、どうしてもこの感動を伝えたくって！　……もしかして、迷惑だったか？

にこにこ顔を叱られた仔犬のようにしゅんとさせ、そう訊いてくる。

そんなことはない。嬉しいと言えば、はち切れんばかりに揺れる尻尾が幻覚で見えそうなほどの笑みを浮かべて——。

押し倒さなかった自分を全力で褒めてやりたい。

いや、このことに限らず、一緒に住むようになってからの莞介は何もかも可愛過ぎる。料理をはじめ、久瀬が莞介にしてやった、どんな些細なことでも気づいて礼を言い、「さすがは久瀬！」と心からの賛美を贈ってくれるところも、久瀬に対して警戒心ゼロで、実に無防備な姿を晒《さら》してくるところも、それから……何をするでもなく一緒にいる時、いつもニコニコ嬉しそうに笑っていて、「楽しそうだな」と思わず口にすれば、

――うん！　久瀬がいるから。

さらりとそう即答して、無邪気にはにかんでくるところも……！

一緒に住むと、嫌なところが見えて多少幻滅するものだというが……何だ、この凶悪に可愛い生き物は！　知れば知るほど可愛いばかり！　訳が分からない！

何度意識が飛んだか知れない。心臓もずっと常軌を逸した速さで高鳴りっぱなし。

このまま心臓を酷使し続けたら、近いうちに心臓が爆発して死ぬのではないだろうか。だが、それでも全然後悔しない！　むしろ本望だ！

などと、馬鹿なことを本気で考えるくらい、今幸せだ。大好きな莞介と、優しくて愛くるしい妖怪たちに囲まれて……この十二年間に比べたら夢のよう！

これ以上何かを望んだら罰が当たる。そう……分かっているのだ、ちゃんと。

それなのに――。

「おお、久瀬！　にゃんともよいところに！」

「ばうばう！」

夜。いつものようにビジネスバッグを片手にマンションに帰ると、ナツメとあくびが血相を変えて飛んできた。

「？　どうかしましたか……っ」

「とにかく来るのである！　ふうちゃんが……ふうちゃんが大変にゃのである！」

二人で袖《そで》を咥《くわ》えて引っ張ってくる。只事《ただごと》ではないと察した久瀬は、持っていたビジネスバッグを投げ捨て、子ども部屋へと走った。

部屋に入ると、ベビーベッドのそばでおろおろしているくしゃみと、タブレットに何やら一心不乱に描いている、顔面蒼白の莞介の姿があった。

「あ、あ！　く、久瀬。よかった！　ちょうどいいところに」

「相楽！　楓に何かあったのか……！」

久瀬が駆け寄ると、莞介が持っていたタブレットを突き出してきた。

そこに描かれていたのは……。

「これは……」

「うんち……緑色のうんちだ！」

　描かれた緑色の物体を指差し、莞介は震える声で叫んだ。

「ひ、昼間はこんなんじゃなかったんだ。いつもどおり……今だって、元気いっぱいなのに、それなのにこんな」

「きっと『ばいおうぃるす』に冒《おか》されたのである！」

　莞介に続いて、ナツメが全身の毛を逆立てながら悲鳴を上げる。

「吾輩はこの前テレビで見たのである。『ばいおうぃるす』に冒された者は皆、血といわず汗といわずあらゆるものが緑色ににゃって、最後はゾンビに……」

「ばばうっ？」

　ゾンビッ？　と、あくびとくしゃみも悲鳴を上げ、尻尾を股の間に隠しながらお互い抱き合う。そんな彼らに、莞介は慌てて首を振る。

「い、いや……さすがにゾンビにはならないと思います。でも……どうしよう、久瀬！　病院になんて連れていけないのに、どうしたら」

「相楽」

　慌てふためく莞介の両肩を、久瀬はがしっと掴んだ。

「相楽、落ち着け。大丈夫だ。赤ん坊の便が緑になるのは普通のことだ」

「そう！　うんちが緑になるなんて全然普通……は？　ふ、普通？」

きょとんとする莞介に、大きく頷いて見せる。

「ああ。腹にガスが溜まると起こる現象らしいが、特に害はない」

「ええっ？　そうなの？　……て、久瀬。何でそんなこと知って」

「もし楓の具合が悪くなっても、病院には連れていけないからな。その時のために、少しだけだが勉強した」

「あ、ああ……そっか。久瀬は頭いいな！　でも……本当に？」

「緑色にゃのだぞ？」

なおも不安げに尋ねてくる莞介とナツメに、スマートフォンで検索したページを見せて説明してやると、目をぱちぱちさせた後、全員その場にへたり込んだ。

「よ、よかった……俺、てっきり何かの病気になったのかと……」

確かに、初めて緑色の便なんてみたら、何か恐ろしい病気に罹《かか》ったと思うだろう。自分もこの記事を見つけた時は、赤ん坊の体は大人の体とは似て非なるものなのだなと、感慨深く思ったものだ。

と、しみじみ思い返していると、座り込んでいた莞介が突然、ばね仕掛けのように勢いよく起き上がり、ベビーベッドに手を伸ばした。そして、何かを抱え上げるような仕草をして、

「もう！　そんなふうに笑って！　死ぬほど心配したんだからな！」

体を揺らしながら、何もないところを見つめ、苦笑いする。

「本当である！　我々の気も知らにゃいで……にゃ？　またあ、そのようにゃ顔をして！」

ナツメもあくびたちも莞介が見ているあたりを見つめ、尻尾を振っている。

多分、楓も笑っているのだろう。

皆、笑っている。それは、本来とても喜ばしいこと。けれど……。

「……じゃあ、俺は夕飯の準備をしてくる」

早口に言って、久瀬はそそくさとその場を後にした。


莞介には見えて、自分には見えない。そんなことにはもう、慣れていたはずだ。

それなのに今、無性に寂しい。

見える莞介と、見えない久瀬の一対一だったあの頃と違い、久瀬だけが見えなくて、久瀬以外の全員が見える状況に変わってしまったから？

それも、あるかもしれない。だが、一番の理由は、自分が莞介たちのように楓の世話をできないからで……と、そこまで考えて、久瀬は小さく唇を噛んだ。

最初は、こんなことを考えるようになるなんて、夢にも思っていなかった。

今まで、身近に子どもがいなかったせいか、子どもが好きとか嫌いとか考える以前に、子どもという概念が思考上に浮かんでくることさえなかったのだから。それなのに。

家族に置き去りにされた楓が、昔の自分とだぶって見えたこともあるが、それ以上に……あの小さな掌で一生懸命指を掴まれた時全身に走った、今まで感じたことのない衝撃のほうが大きい。

あの衝撃が何という名前の何なのか今でも分からないが、とにかく……この子を助けてやりたいと強く思った。

そして、赤ん坊のことについて色々調べたり、楓に与える服やおもちゃを選んだり、莞介が描く可愛い楓の絵を……莞介やナツメたちが楽しげに楓と遊ぶさまを見続けたりしているうち、自分も直接楓の世話を焼きたい。あの楽しげな輪に入って、楓と遊びたいという想いがふつふつと込み上げてきたのだ。

その欲求は日を追うごとに膨らんでいく一方。

しかし、その欲求が大きくなればなるほど、久瀬の心は沈んでいく。

調べれば調べるほど、考えれば考えるほど、自分に楓の世話は無理だと思い知らされる。

自分には楓のことが見えない上に、声さえ聞こえない。

だっこなんて無理だ。訓練すれば、できるようになるかもしれないが、楓を実験台として扱うようで気が引けるし、何か間違いが起こったらどうする。

久瀬一人では、どうしようもない。では、莞介に手伝ってもらうのは？　それなら危険はぐっと減るし、上達も早いはず。けれど……その考えもすぐに打ち消した。

莞介に介助を頼むとなると、莞介と相当接近することになる。体を触れ合わせることもあるはず。そうなった時、冷静でいられる自信がない。下手をしたら、ひた隠しにしてきたこの感情がばれてしまうかも！

そう思ったら怖くて、とても頼めない。

では、だっこは諦めて、ベビーベッドに寝かせた状態であやせばいいのだ……が、笑顔を作ることもできなければ、優しい声音を出すこともできない自分ではそれも叶わないし、むしろ楓に悪影響を及ぼしかねない。

赤ん坊は笑顔と優しい声で接することで安心する。怖い顔や声音なんてもってのほかと、本に書いてあった。だから、楓にこの顔を見せるのもやめた。

楓の害悪にしかならない自分は、莞介たちのサポートに徹し、遠くから見守るべきだ。

それが一番効率的かつ論理的で正しい。

何度考えても、同じ結論になる。それなのに、どうしても諦めきれない。

だから……一人自室に戻った久瀬は、ビジネスバッグからあるものを取り出した。

出てきたのは大きな人形。とあるホラー映画のキャラクターだそうで、何とも不気味だ。

だが、容姿などどうでもいい。重要なのは、楓と同じ身長、体重であること。

その人形を、目隠しをしてだっこする。見えなくても、楓が抱けるようになるための訓練だ。

最初のうちは、勝手が分からず、何度も落としてしまっていた。

子育て経験のある、秘書の高見に教えを乞い、何とかさまになってきたが……どんなに訓練を重ねても、「もう大丈夫だ」と高見に褒めてもらっても、心はちっとも晴れない。

身長、体重は同じでも、所詮はただの人形。動かないし、落としてしまっても「ウケケケケ」と笑うだけで何ともない。

だが、楓は違う。生身の赤ん坊だ。元気よく動くし、落とした場合、下手をしたら命を失う危険さえある。

勝手が全然違う。

人形相手にこんなことを続けたって無意味。どうにもならない。分かっている。けれど、なぜだかやめられなくて——。

「何、やってるんだろうな……」

「本当だよ」

心臓が、勢いよく口から飛び出していった気がした。

今……今聞こえてきた声は……！

幻聴だと、理性が即答する。幻聴……そう。幻聴でなくてはならない。

だっこの訓練ではあるが、傍から見れば、目隠しをして不気味な人形と戯《たわむ》れているという……相当奇怪で危ない姿。

こんな恥ずかしい姿、莞介に見られたら生きていけない！

混乱のあまり、人形を抱いた体勢のまま、目隠しを取ることもできずに固まっていると、目隠しを外された。

瞬間、こちらを見つめる莞介と目が合った。その顔には、いつもの柔らかな笑みはなく、ひどく引きつった、険しい表情が浮かべられている。

それが、変質者を見るような蔑みを帯びているように見えたものだから、全身の血液を一気に引き抜かれたような錯覚に陥った。

絶対に誤解された。莞介にヤバい奴だと思われた。

どうする。どう言えば、この誤解を解くことができるっ？

衝撃のあまり動かない頭で、必死に考えていると、莞介が久瀬の手から人形を抱き取った。

それから、人形を赤ん坊にするように抱き、ゆさゆさと揺らす。

「ああ……そうか。これ、ふうちゃんと同じ大きさと重さなんだ」

「相楽……っ」

久瀬は息を詰めた。莞介がこちらを向いて、小さく笑ったのだ。

「馬鹿だよ、久瀬。こんなことしなくても、たった一言、こう言えばいいんだ。『俺も直接ふうちゃんの世話をしたいから、手を貸してくれないか』って」

「！　それは……」

「やっぱり、そういうこと……一度も思いつかなかったんだな」

「え……」

急落した声音に声を漏らすと、莞介は何かを誤魔化すように、にっこりと笑った。

「ふうちゃんをだっこする手助けくらい、俺にだってできるよ。だから、その……」

莞介は唇を噛み、顔を逸らしてしまった。

その横顔を見た瞬間、久瀬はようやく悟った。自分は、莞介を傷つけてしまった。

「じゃあ……ふうちゃんはもう寝ちゃったから、だっこするのは明日で」

「相楽」

「おやすみ……っ」

久瀬の制止も聞かず、足早に部屋を出ていこうとする莞介の手首を、思わず掴む。

「すまない」

「……っ」

「気を悪くさせたのなら謝る。俺は、ただ……っ」

介助の最中に体が触れ合い、秘めた欲望を悟られるのが怖かった。などと、本当のことを言えるわけもなく、どうしたものかと言い淀んでいる間に、掴んだ手を乱暴に振り解かれる。

そんなことをされたのは初めてで、久瀬が目を瞠っていると、

「どうして……どうして久瀬が謝るんだよ」

振り返らないまま、莞介が呻くように呟く。ひどく痛々しい声だ。

「久瀬は、何も悪くないじゃないか。悪いのは、こんな小さなことさえ頼ってもらえないほどどんくさい俺なのに、そんな……っ」

そこまで言いかけ、莞介は息を詰めた。そしてまた、逃げ出そうとする。

「相楽っ。待て。話を……」

「嫌だっ」

慌てて止めようとする久瀬に、莞介は激しく抵抗してきた。

「今は変なこと口走りそうだから嫌だ。明日にしてくれ。明日なら、ちゃんとするから……っ」

「駄目だ」

とっさに、暴れる体を後ろからきつく抱き竦《すく》めて、久瀬は語勢を強めた。

「そんなことさせない。君に我慢や遠慮なんかさせたくな……」

「嫌だっ。……お願いだ、久瀬。離してくれ。これ以上、俺を……駄目な男にさせないで」

痛々しい声音で告げられた言葉に愕然《がくぜん》とする。

懸命にひた隠しにしている、このあさましい劣情を知られたくないあまり、莞介の心をないがしろにして、こんなことを思わせてしまった。

その事実に全身の血液が冷える。だが、自身の過失に慄《おのの》いている場合ではない。莞介の勘違いを何としてでも正さないと！

「相楽っ。君は、勘違いしてる。俺がこんなことをしていたのは……楓にとって、俺が害悪だからだっ」

常ならぬ莞介に焦るあまりそう告白すると、莞介が動きを止め、振り返って潤んだ瞳をこちらに向けてきた。

「が、害悪……？」

「そうだ。俺は君のように、楓を見ることも、声を聞くこともできなければ……優しく笑いかけることも、優しい声音も出せない。真顔で睨みつけるだけ……そんな男、害悪以外の何だっていうんだ」

「……っ」

「訓練すれば、ある程度どうにかなるかもしれない。だが、俺の欲のために、あの子を実験台にしていいわけがなくて……すまない。これは、俺のつまらない感傷だ。相楽が気にすることは……っ」

久瀬は息を呑んだ。突然、莞介が体を捻り、抱きついてきたのだ。

いきなりどうしてっ？　訳が分からず狼狽している間にも、莞介はきつくしがみついてきて、

「ごめん……ごめん、久瀬。俺、自分のことしか考えてなかった」

震える声で、そう言った。

「俺は恥ずかしかったんだ。ふうちゃんをだっこしたいって気持ちさえお前に打ち明けてもら

えない自分が恥ずかしくて……ここまで遠慮されて何が友だちだって、一人でいじけて……」

「！　そんな……違うっ。俺は」

「ごめん。俺、ちゃんと知ってたはずなんだ。自分だけが、他の皆とは違うものの見え方がしたら、どれだけ辛いか……知っていたはずなのにっ」

悲痛な叫びに、久瀬ははっとした。

普通の人間には見えないものが見えることで、莞介が辛い思いをしていると、承知しているつもりだった。けれど……莞介の口から、「辛い」だなんて言葉、初めて聞いた。

そのことに衝撃を受けていると、莞介がしがみついたまま、こちらを見上げてきた。感情が昂《たか》ぶり濡れた瞳にどきりとする。

「久瀬は、害悪じゃないよ。というか、久瀬が駄目なら、俺だって駄目だよ。ふうちゃんが見えて、声が聞こえて、笑いかけることができたって、皆に、久瀬にたくさん助けてもらってようやく何とかなってる状態で、それでも……本当にこれでいいのか、分からないまま世話してる。この子の世話をして可愛がってやりたい。ただそれだけで、ナツメさんたちだってそう」

「……っ」

「皆、お前と同じだよ。だから、あの子を可愛がりたいって思ってるなら、一緒にやろう。お前一人じゃ駄目でも、二人でやれば上手い方法が見つかる。……俺が頼りないなら、ナツメさんたちだっている。皆きっと協力してくれるよ。お前がどんなに優しくて、ふうちゃんのこと真剣に考えているか、皆知ってるんだから……っ」

今にも泣き出しそうな笑顔で必死に訴えていた莞介の言葉が途切れる。

莞介を思わず、抱き締めてしまったせいだ。

平生なら、絶対こんなことはしない。友人同士では普通しないし、何より……ずっとひた隠しにしているこの恋情がばれるかもしれない。

それだけは絶対に避けたい。だが、抱き締めずにはいられなかった。

「ありがとう。でも……相楽、君はもう一つ勘違いしてる。俺は、君に与えられてばかりだ。君が一緒にいてくれるだけで、胸のあたりに……温かな陽溜まりが広がっていく。それだけで、俺は十分なんだよ。気持ちがいっぱいになる」

「！　あ、あ……」

「君が俺にしてくれることに比べたら、俺が君にしたことなんて取るに足らないものばかりだ」

すまない。でも、ありがとう。

囁いて莞介を抱く腕に力を込める。この気持ちだけは、どうしても莞介に伝えたかったのだ。

それに対して、莞介はすぐには何も答えてくれなかった。ただ息を詰める気配がするばかり。

けれど、しばらくして、沈黙した部屋にかすかな笑い声が転がった。

「……はは。そっか。久瀬は、欲がなさ過ぎるんだ。だから、そんなこと」

困ったように笑う。違う。君は何も分かっていない！　と、反論しようとしたが、

「ありがとう。でも……もっと、欲張りになってくれ。寂しいから」

少し照れくさそうに囁き、ぽんぽんっと背中を叩いてくれて……ああ。

「相楽……っ」

（……好きだ）

どうしようもなく、君が好きだ。

そんな言葉が心の底から込み上げてくる。このままキスして、押し倒して、自分だけのものにしてしまいたいという、どす黒い欲望とともに。

そんな自分が、ひどく嫌だった。

恋なんて感情、この世になければいいと思った。

こんな後ろめたい感情を隠しているから余計に、莞介を大事にできないのだと思うと。

自分ばかりが幸せで、莞介に申し訳がなかった。

自分の想像よりずっと、辛く寂しい思いをしてきただろう莞介。愛おし過ぎてしかたない莞介。どうかどうか、いつも笑って、幸せでいてほしい。

どうしたら、莞介を大事にできるのだろう。どうしたら……自分が莞介からもらった幸せを、少しでも返せるのだろう。

莞介の温もりを噛み締めながら、久瀬は必死に考えた。

＋＋＋

二週間後、莞介のＳＮＳには、たくさんのコメントが届いていた。

新しく連載し始めた漫画に対するコメントだ。

『今回の更新分もサイコーでした。ふうちゃん相変わらず可愛い！　続き楽しみにしています』

『ふうちゃんは天使ですか？　あ、ホントに天使でしたね』

楓への温かいコメントの数々に、莞介は頬を緩ませる。

楓の育児漫画を連載し始めて一週間。

漫画はなかなか好評で、「いいね」もコメントも回を重ねるごとに伸びていっている。昨日など、出版社から「ぜひ書籍化の際はうちに！」と連絡があったくらいだ。

もっともっと、話題になってくれればいいと思う。楓の家族や知り合いの目に触れるくらい。

今も、楓の家族を捜し続けてはいるが、どうしても見つからない。なので、藁《わら》にも縋《すが》る気持ちで漫画にして、掲載してみることにした。

妖怪はＳＮＳなんて見ないと思うが、可能性はゼロではない。久瀬だって、この方法で見つけることができたのだから、やってみる価値はある。

それから……楓が見えず、聞こえない久瀬と、見えるし聞こえる莞介の二人が、どうやったらちゃんと楓の世話ができるか。そのヒントが、寄せられるコメントの中にあるのでは？　という狙いもあった。

ナツメが人語の話し方、文字の読み方を習おうとした時も、この手を使って、だいぶ助けられたから。

そして狙いどおり、有益なヒントがいくつか寄せられている。例えば、このコメント。

『身につけさせたものは見えなくなってしまう。じゃあ、音も聞こえなくなるの？』

考えたことがなかった。なので、試しに小さな鈴を買ってきて、楓の右手首に結んでみた。すると、見えなくなってはしまったが、音はちゃんと聞こえたらしい。

それが分かって以来、鈴は楓の右手首につけたままだ。おかげで、ちょっと煩くはあるが、久瀬は楓が今どこにいるのか分かるようになった。さらには、

「もしかしたら、鈴の鳴り方で、楓の今の機嫌がある程度把握できるようになるかもしれない」

そんなことを言い出し、楓の機嫌がいい時、機嫌が悪い時などの鈴の音をＩＣレコーダーで録音しまくり何度も聴き比べている。

今は、楓に食べさせる離乳食の研究をする傍ら、

「久瀬。今、ふうちゃんの機嫌がどんにゃだか分かるか？」

「……そうですね。この感じは……笑っている？」

「おお！　正解である。にゃかにゃか分かるようににゃってきたではにゃいか」

ナツメと楓の機嫌当てクイズをしている。相変わらず、久瀬は努力家で、勤勉家だ。

……と、このような感じで、コメントを基に試行錯誤を続けている。育児についての豆知識も多々あって、とても助かっている……が。

一つだけ、かなり困ったことが起こった。それが——。

『ふうちゃんも可愛いけど、センさんもカンちゃんも可愛い』

「カン」と「セン」とは、莞介と久瀬を模して作ったキャラクターだ。

このキャラクターたちが、楓に負けず劣らず人気が出た。久瀬はまだしも自分まで？　と、驚いたが……まあ、気に入ってもらえたことは嬉しい。ただ——。

『今回も、センさん大好きっこカンちゃんに癒やされました』

『カンちゃん、マジでセンさんに恋する乙女』

『センさんへのプロポーズはいつですか？』

これまた大量に送られてくるこのコメントたちを見ると、非常に複雑な気分になる。

確かに、自分は久瀬が好き……というか、大好きだ。それは認める。

だが、この言い方は納得いかない。こんなの、友情で使う表現ではない。これでは、まるで……まるで！　と、そこまで考えて、莞介は癖っ毛頭を掻き毟《むし》った。

こんなコメント、本来なら笑って久瀬に見せているところだ。

けれど、今は到底……そんなことできない。

——相楽……っ。

「……！」

不意に思い出された……掠れた呼び声と、抱き締められた感触に、ぞくりと全身が震えた。

その体を抱き締めて、唇を噛む。

あの夜、久瀬の部屋にノックもなしに入った時、莞介の頭には完全に血が上っていた。

日に日に暗く俯くことが増えていく久瀬を、莞介は心の底から心配し、歯がゆく思っていた。

一体何を悩んでいるのか。どうして、自分に話してくれないのか。

何度も何度もぐるぐる考えた。そして、部屋でこっそり、楓と同じ大きさの人形をだっこする久瀬の姿を見た途端、がつんと頭を殴られたような衝撃を受けた。

確かに、久瀬一人では、見えない楓を抱くのは不安だろう。しかし、莞介が手伝えばそんなに難しいことではない。少し考えれば分かることだ。

だが、久瀬はそんなことさえ思いつかなかった。

莞介に頼るなんて選択肢は、最初から頭にないのだ、あの男は。

身の置き所もないほどに悲しく、惨めだった。

でも……久瀬が一人で思い悩んでいるのは、もっと嫌だったから、意を決して久瀬の部屋に入った。悲しみと惨めさでぐしゃぐしゃになった心を抱えたまま、無理矢理。

そんなものだから、些細なことで取り乱し、久瀬に当たり散らしてしまった。

結果、分かったのは……莞介をはじめナツメたちのように楓が見えもしなければ、声も聞こえない。その上笑うこともできない自分は、楓にとって害悪だと思い込んでいたという事実。

その事実に、莞介は胸を突かれるような衝撃を受けた。久瀬がそんなことを考えたのは、自分のせいだと思ったのだ。

自分一人だけが、周囲とは違う世界が見えると……別に、邪険に扱われているわけでもないのに、自分だけが違うという疎外感と寂しさ、無性に自分が駄目なもの、よくないものに思えてくる苦しさで、心がきりきりと締め付けられる。

そのことを自分はよく知っていたはずなのに、ちゃんとフォローすることができなかった。つくづく、駄目な友だちだと思った。そして、こんな自分と一緒にいるだけで十分だと言う久瀬が悲しかった。この程度で満足してしまうなんて、これまでどれだけ辛く、寂しい思いをしてきたのだろう。

だが、それでも……久瀬に、そう言ってもらえることがすごく嬉しかった。自分も、久瀬といるだけで心が満たされると思っていたから。

あの腕できつく抱き締められた時は、自分でも戸惑うくらいの喜びと安堵感が噴き出した。

最近ずっと、自分は久瀬の友だちでいていいのだろうか？　とか、こんなにも頼りない自分を、久瀬はどう想っているのだろう？　とか、不安で不安でしかたなかったせい？　それとも……と、思っていた時だ。

——相楽……っ。

これ以上ないほど、強く抱き締められて、今まで……一度だって聞いたことがない、熱っぽくて掠れた声で囁かれた瞬間、全身の血液が一気に沸騰した。それから、胸のあたりで何かが、ぶちっと音を立てて弾け、砕け散るような感覚が起こって——。

何が起こったのか、訳が分からず狼狽した。

それ以来……自分は、おかしくなってしまった。

今までは久瀬を見たらほっとして、嬉しいばかりだったのに、今は……この体をぎゅっと抱き締めた長い腕やその時密着した体。熱っぽく囁いてきた形の良い唇などに目が行き、久瀬の格好良さや逞《たくま》しさにドキドキしてしまう。

久瀬が格好いいなんて、前から知っていたはずなのに、一体どうしてこんな……。

この感じは、一体なんだ？　今まで一度だって抱いたことがない感覚に戸惑うばかりだ。

でも……あまり深く考えないほうがいい。そんな気がした。

だから、極力考えないようにしようと思った。それなのに。

「相楽。少し、手を貸してもらってもいいか？」

あの日以来、久瀬が頻繁に楓を世話するための介助を頼んでくるようになった。

そのことについてさりげなく指摘すると、

「相楽の立場に自分を置き替えて考えてみた。そしたら、相楽が言った言葉の意味がよく分かった。すまない。もう君に寂しい想いなんてさせない」

実に真面目くさった顔で、そう言ってきた。

莞介の言葉に真剣に向き合ってくれたのは勿論、久瀬にどんなことでも頼ってもらいたいと切望してもいたのだから、これは本来とても喜ばしい。

だが、今の莞介にとっては非常に困ることだった。

だっこや、おむつ替えの介助となると、かなり体を接近させなければならない。久瀬の手に自分のそれを添えて教えてやることもしばしば。久瀬の姿を見ただけでドキドキしてしまう今の莞介にとっては、かなり心臓に悪い。さらには、

「相楽。楓の濡れた頭も拭いてみたい。練習台になってくれないだろうか？」

そんなことまで言い出した。

どうやってやるのか尋ねてみると、久瀬が目隠しをして、莞介の濡れた髪を乾かすとのこと。

（ま、まあ、頭を触られるくらい、いいか。久瀬は目隠ししてるから、目が合うこともないし）

そう考えて軽く了承したのだが、これがまずかった。

目隠しした久瀬は何も見えないから、際限なく顔を近づけてくるし、手探りで無遠慮に耳や

顔を触ってくる。

その……触れてくる掌の感触が、ヤバ過ぎるのだ。

初めて知った久瀬の掌は、びっくりするほど気持ちよかった。

硬い掌の感触や、無機質な表情とは裏腹な、熱くて……ひんやりとしたこの肌に沁み込んでいくような温もりは勿論、触れてくる所作はまるで……！

そこで、また……無理矢理、考えることをやめて、恐怖する。

久瀬に触られれば触れるほど、自分はどんどんおかしくなる。

嫌だ。もう、変なことを考えたくない。怖い。

そう、思うのに……久瀬に、もう触らないでくれとは、どうしても言えなかった。

そんなことを言って、今のこの胸の内を知られたり、久瀬を傷つけて距離を置かれたりすることのほうが、ずっとずっと怖い……。

「莞介！」

「……っ」

突如、視界にナツメの顔が飛び込んできたものだから、心臓が口から飛び出しそうになった。

「さっきから呼んでいるのに、無視はいかんぞ！」

「え？　あ、あ……す、すみません。気づかなくて、その……っ」

慌てて頭を下げていると、いよいよ顔を近づけられた。

「莞介。お前、最近変だぞ」

「！　あ……そ、そんなことないですよ！　いつもどおり元気……ふぐっ！」

「嘘をつくにゃ」

肉球で莞介の頬をぐりぐりしながら、ナツメは鼻を鳴らした。

「能天気でぽやんとしているお前が、暗い顔をして俯くなど尋常ではない。それによく見れば顔色も悪い。これは間違いにゃく、育児ノイローゼである！」

「だから違います！　別に悩んでなんか……は？　ノ、ノイローゼ？」

目をぱちくりさせると、ナツメは大きく頷いた。

「うむ！　久瀬が貸してくれた育児雑誌に書いてあった。にゃれにゃい育児に根を詰め過ぎると、ノイローゼににゃって体を壊すことがあると。莞介はまさにそれである！」

と、ナツメは抱えていた雑誌を押しつけてきた。

「そんな……確かに大変ですけど、ふうちゃんはいい子だし、皆さんが一生懸命手伝ってくれているから、ノイローゼなんて……っ」

言いかけ、莞介は息を詰めた。

『育児ノイローゼの症状。元気がなくなり、話しかけても反応が鈍い。ありえないことを妄想し、頭の中がパニック状態。思考能力低下。マイナス思考に陥り、悲観的な考えになり……』

ありえない妄想。では、自分が今、久瀬に感じているこの気持ちは、ノイローゼの症状？

確かに、同性の親友に対して、雄々しい逞しさにドキドキするとか、触ってもらって気持ちいいだとか、思うだなんてありえない。

「俺、育児ノイローゼなの……？」

渡された雑誌を読みつつ呟くと、ナツメがぽんぽんと肩を叩いてきた。

「莞介、そのように深刻にゃ顔をするにゃ。この病は、息抜きを適度にすれば大丈夫と書いてある。だから、ふうちゃんを我らに任せ、少し外に出てみたらどうだ」

「え？　……そんな、悪いです。皆さんに任せて、俺だけなんて」

「にゃにを言う！　これはお前のためだけでにゃく、我らやふうちゃんのためでもある。育児ノイローゼは怖いのだぞ。放っておいたら、嫌にゃことばかり考えて自分の殻に閉じこもり、ふうちゃんや我らに当たり散らしたり、叩いたりするようににゃる。それでもいいのか」

莞介は青ざめる。楓や久瀬たちに当たり散らす？　そんなこと、絶対にあってはいけないことだ。慄いていると、あくびたちをはじめ他の妖怪たちも集まってきた。

『行ってくればいいぞ、莞介。おれたちがちゃんと見てるから』

『そうだそうだ。久しぶりにゆっくりすれば、きっと元気になるよ！』

妖怪たちからもそう言われ、莞介は目頭が熱くなった。いつも助けてくれているのに、こんな時にまで気を遣ってくれて、本当にいい人たちだ。

ありがたいことだ。それに……皆の言うとおり、一人でゆっくりするのも悪くないと思った。

一度、楓……それから、久瀬から離れてみれば、落ち着いてものが考えられるはず……。

「ということだからにゃ、久瀬。早速莞介を連れて出かけてこい」

「そうですね、久瀬も……へ？」

間の抜けた声を漏らす莞介をしり目に、他の妖怪たちもうんうん頷く。

『そうだよ、久瀬も行ってくればいいよ』

『久瀬もすごく頑張ってたもんね。莞介と一緒に休んだほうがいいよ！』

「久瀬、皆も行ってこいと言っている。だから、遠慮にゃく行ってこい」

「……そうですか。ありがとうございます」

（く、久瀬も来るのっ？）

せっつくナツメたちに深々と頭を下げる久瀬に、莞介は腹の中で絶叫した。


それから程なく、莞介は息抜きのため、久瀬と一緒に夜の散歩に出かけることになった……が、心の中は乱れに乱れていた。

久瀬の姿を見ただけで、ドキドキと胸が騒ぎ出すため、できるだけ近づかぬよう……二人きりにならないようにしていたのに。

（だ、大丈夫……ただ、散歩に出るだけ。大丈夫、大丈夫）

と、胸の内で呪文のように唱えていると、背後から「相楽」と、久瀬の声がかかった。

振り返ろうとして、はっとする。不意に体を何かで包まれたのだ。

「外、寒いから」

そう言いつつ、実に自然な所作で莞介にジャケットを着せて、

「じゃあ、行こうか」

颯爽と歩き出す。そのさまを莞介はぽかんと見ていたが、ふと着せてもらったジャケットに目を落とし、手で触れた瞬間、かぁっと顔が熱くなっていくのを感じた。

その後も、久瀬は優しかった。

クリスマスのイルミネーションが眩い街角を莞介の歩調に合わせて歩き、人混みを通ると、さりげなく前に出て盾になってくれたり、手を取って引いてくれたり。

久瀬はいつも優しいが、今日は殊更優しいような……と、思いつつ、冷えてきた手を擦り合わせ、息を吹きかけていたら、おもむろに手を握られて、

「冷たいな」

莞介の手を大きな掌で包み込み、親指の腹で撫でながら、そんなことを言う。

それから、莞介の手を握ったまま顔を上げて、

「あの店に入ろうか」

手袋を買おう。そう言って、莞介の手を引いて……ああ。

莞介が育児ノイローゼと聞いて、いつも以上に気遣ってくれているのか。それとも、楓の練習台として接しているうち、余計に過保護になってしまったのか。

判然としないが、困った。これでは、息抜きも何もあったものではない！

先ほどから、心臓が高鳴りっぱなしで、頭がクラクラする。

けれど、もっと困るのは……困る、恥ずかしいと思っても、嫌だとは思えないこと。

むしろ、気がつくと、久瀬の手を握り返している始末で――。

（俺……本当に、どうしちゃったんだろ……）

「相楽。どんな手袋がいい？　……相楽？」

「……え？　あ、ごめん。えっと……あ！　これ、久瀬に似合いそう！」

ふと目に留まった黒革の手袋を手に取ってみせると、黒縁眼鏡の奥の瞳がわずかに開いた。

「……相楽。今、君の手袋を見ているんだが」

「はは。そうだけど、なんか目についちゃって。それに、久瀬だって寒いだろう？　さっき手が冷たかったし」

そう言ってやると、久瀬の目がもっと見開いた。

「それは……すまない。余計、寒い思いをさせて」

早口に言って、慌てたように掌同士を擦り合わせる。そのさまに思わず笑って……自分はつくづく、久瀬といることで感じるこの温かな空気が何より好きだと思った。

昔から、ずっとそう。絶対に、失いたくない。だから、こんなことを思いたくない。思ってはいけない……。

「うわ。ダッセー」

不意に、背後から嘲《あざけ》るような声がした。

何だ？　振り返ると、そこには歳の頃十代後半くらいの青年が立っていた。

長い茶髪に、耳にはたくさんのピアス。やたらと突き出された、尖《とが》った顎。歪《いびつ》な笑みを浮かべる唇。やたらとこちらを見下すように睨んでくる節のように細い目。ダボッとしたパーカーとジーンズをだらしなく着崩した……何ともガラの悪い――。

「まだそんな眼鏡してるとか。冗談きつ過ぎるんですけど」

男が久瀬を睨みつけながら、吐き捨てるように言った。

莞介は目をぱちくりさせて、あたりを見回した。男は明らかに久瀬を見てはいるが、こんなに格好良く似合っている久瀬の眼鏡がダサいだなんて、何かの間違いだと思ったのだ。

そんな莞介を男はちらりと一瞥《いちべつ》して、

「まあ、その眼鏡より、こんな薄汚いゴミを連れてるほうがやばいけど」

そう続けたものだからぎょっとした。

「そんなゴミ連れて歩くなよ。オレまで白い目で見られるだろ……」

「彼に、失礼なことを言わないでくれ」

莞介を自分の背後に隠しつつ、久瀬が言う。びっくりするほど低い声だ。

「言わないで……くれ？　はは。あんたさあ、いつになったら自分の立場理解すんの？　オレたちは、親に置いていかれたカワイソウなあんたを引き取ってやったご主人様だぞ」

「……え」

間の抜けた声が漏れる。

親に置いていかれた？　引き取った？　久瀬は両親とともに、父親の実家に戻ったのでは……。

「じいちゃんから東京の会社任されていい気になってるとか？　正春兄さんが任されたのは青森の小さな会社なのに、俺は東京のでっかい会社だ。俺はそれだけ優秀だって。……ばっかじゃねえの？　ありえないから。それ、ただの同情だから。下手くそなおばけの落書き破られたくらいで、表情筋が壊れたぽんこつの実力なわけないじゃん」

「……！」

続けられたその言葉に愕然とした。下手くそな、おばけの……？　それって。

──ねえ、相楽。相楽の絵、一枚もらっても、いいかな？　た……宝物にしたいんだ！

引っ越しの日、顔を紅潮させながら、遠慮がちに言ってきた久瀬に贈った絵か？

──……ありがとう！　ずっと、大切にするね！

一番の自信作を手渡すと、大事そうに抱いて浮かべた、心底嬉しそうな笑顔。

莞介が最後に見た、久瀬の満面の笑顔だ。そして、今は、

――料理は、どんなに一生懸命作っても、すぐに食べる。だからそう易々と壊されないし
……たとえ壊されても、……それほど心は痛まない。

人形のような無表情と機械的な声で、そう呟く。

莞介からもらった絵を破られた時、久瀬はどう思った。絵の他に、何を壊された。

ざわざわと胸が騒ぎ始める。そんな莞介に気づきもしないで、男は機嫌よく喋り続ける。

「おまけに、学習能力ゼロだし。こっちが親切にみっともないゴミを捨ててやっても、またこんなふうにかき集めて。ホント勘弁してほし……っ」

「言ってみろ」

とうとう我慢できなくなって、莞介は男に詰め寄った。

「破ったってなんだ……どうして、破る必要なんてあるんだ」

「はあ？　何だよ。貧乏人のゴミは黙ってろ……」

「絵だけじゃないだろ。他にも色んなもの壊して苛《いじ》めてたんだろうっ。俺の……俺の久瀬を！」

「相楽っ」

男に掴みかかる莞介を、久瀬が抱き竦めて止める。

「相楽、落ち着け。こんな奴に、君が関わる必要なんか」

「必要も何もない！　こいつは……こいつは、お前に……っ」

確かに、この男が久瀬とどういう関係で、久瀬に何をしたのか具体的なことはほとんど分からない。だが、久瀬を完全に見下し切った言動もさることながら、これまでの久瀬の言動を思えば、いくらでも想像できた。最悪過ぎる想像が。

そして、久瀬の最後の笑顔を思い返すと、腸《はらわた》が煮えくり返る。

先日、自分は笑うことができないから楓の発育に悪いと俯く久瀬も思い出すと、なおさら腹が立って……悔しくてしかたない。そんなものだから。

「何だ、こいつ。今度は突然泣き出して。頭おかしいんじゃ……ひ」

悔し涙を零す莞介に侮蔑の視線を向けていた男が、小さく悲鳴を上げた。突然どうしたのかと思ったら、

「消えろ」

頭の上から、ぞっとするほど冷やかな重低音が落ちてきた。

恐る恐る顔を上げ、息を詰める。久瀬が男を、刃物のように鋭利で獰猛《どうもう》な眼光で睨んでいたから。こんなに怖い顔、今まで見たことない……。

「もう二度と、俺に構うな」

消すぞ。

先ほどよりもさらに低い声で告げられたその言葉に、全身の血液が一瞬にして冷えた。

この男は、一体誰だ。自分が知っている久瀬は、こんなこと言わない……。そう、狼狽して

いると、男がぎこちなく舌打ちした。

「だ、誰がぽんこつなんか構うかよ！　オレは、母さんをどうにかしてほしいだけだ。あんたがさっさと結婚しなくて困るって煩いんだよ」

「……っ」

「あんたも、見合いした後にあんなだだっ広い部屋に住み始めたってことは、結婚する気満々なんだろ？　だったらさっさとしろよ。面倒くせえっ」

男は早口にそうまくし立てると、すぐさま逃げるようにいなくなってしまった。

その、消えていく後ろ姿を、莞介は呆然と見送ることしかできなかった。なぜなら。

（見、合い……け…っこん……？　誰が？　……久瀬が？）

考えてみたこともなかった。

けれど、よくよく考えてみれば、あの男の言うとおりだ。

いくら金持ちとはいえ、あんなにも広い部屋に一人で住むなんておかしい。

あの立派な子ども部屋だって、ほんのひとときの間だけ預かることになった赤ん坊のために用意するなんてありえない。

久瀬は結婚を考えていて、未来の妻や生まれてくるだろう子どもたちのために広い部屋を買い、子ども部屋を用意したと考えるのが自然。

そこまで考えて、頭に血が上った。

「……相楽。すまない。こんな……っ」

久瀬の声が耳に届いた瞬間、莞介は久瀬の手を振り払い、その場から逃げ出していた。

止めどなく、感情が噴き出してくる。

辛い。悲しい。寂しい。苦しい。嫌だ。気持ち悪い。吐き気がする。憎たらしい。怖い。

ありとあらゆる負の感情が濁流のように押し寄せ、全身をのたうち回る。

でも、何でそんな感情が込み上げてくるのか、莞介には分からなかった。

ただ、久瀬に結婚を考えるほどの恋人がいたことや、久瀬と恋人の愛の巣に、知らなかったとはいえ今まで住んでいたことを考えれば考えるほど、それは暴れ回る。この身をバラバラにされるのではないかと思うほどの強さ、激しさで……。

「相楽っ」

「……っ！」

腕を掴まれて、莞介は我に返った。

点々と続く街灯に頼りなく照らされる、人気《ひとけ》のない、見覚えのない道。

ここは、どこだろう？　何の気なしに考えていると、「相楽」と背後から声がかかって、再び全身が強張った。

ぎこちなく振り返ると、いつもの無表情がこちらを見ていた。

街灯に照らされるその顔は、紙のように白い。

「すまない。嫌な思いをさせて、それから……両親のこと、嘘をついて。だが、言いたくなかったんだ。両親に捨てられたことも、あんな連中が義理とはいえ、家族であることも」

「久瀬、結婚するんだな」

久瀬の言葉を、口が勝手に遮った。

「そのために、あの広い部屋を買ったんだな。子ども部屋も、その人との間にできる赤ちゃんのためで」

どうしてこんなことを言っているのか分からなかった。

今、久瀬の友だちとしてするべきは、久瀬の両親や、先ほどの男との間で何があったのかを訊き出し、傷ついた久瀬の心を慰めること。

それなのに、どうしてこんなことを口にしている？　どうして、莞介の言葉に久瀬が驚いたように目を見開いて……それを肯定と見て取った瞬間、身を裂かれるような激痛が襲ってきて、

「出ていく」

久瀬の手を振り払い、そう口にしてしまうのか。

「あの部屋を出る。お前と、逢うのもやめるっ」

何の淀みも、迷いもなく。

信じられないことだった。久瀬と逢えなくなる……失うなんて、絶対嫌なのに。でも……でも！

「さ……がら……君は、俺が結婚するために買った部屋なんかに、住みたくない。結婚する俺とは、逢いたくない。そう、言っているのか？」

「！　……え？　あ……」

面と向かって、掠れた声で尋ねられたその問いに、莞介ははっとした。

久瀬の言うとおりだ。自分は、久瀬の奥さんのための部屋になんかいたくない。結婚する久瀬と一緒にいたくない。そう思った。でも。

「どうしてだ。どうして……そう思う？」

どうして？　確かに、どうして自分はそんなことを思った？　友だちだったら、恋人ができたことも、結婚することも喜んで、お祝いしてやるものだ。それなのに。

「あ、あ……なん、で？　何で俺、そんな……ぁ」

激しく混乱していた莞介は目を瞠った。

久瀬が突然莞介の体を引き寄せ、抱き締めてきたのだ。

一体どうしてっ？　意味が分からず狼狽したが、久瀬の温もりを全身に感じた途端、負の感情に埋め尽くされて悲鳴を上げていた心が大きく揺れ、目頭が熱くなった。

（な、んだ……これ。何で、こんな……）

何もかも、意味が分からない……。

「結婚なんてしない」

不意に、きっぱりと言い切られたその言葉。

「恋人も作らない。一生」

「……いっ…しょう？」

「ああ。一生。だから……君の許す限り、そばにいさせてくれ」

ますます深く抱き締められるとともに、耳に吐息を感じるほどの至近距離で囁かれた言葉に、心臓が爆発した。

（結婚しない、恋人も作らない。一生……そばに、いてくれる？　……あ、あ。そんな）

「い……いい、の？」

久瀬の言葉を何とか咀嚼《そしゃく》できたと同時に、思わず……そう呟いていた。

久瀬が弾かれたように顔を上げ、こちらを覗き込んできた。

その顔は、苦しげに歪《ゆが》んでいた。今にも泣き出しそうな……いや。

眼鏡の奥の瞳が濡れているのは、悲しいのではなくて――。

「相楽……っ」

「……ぁ」

体がびくりと身じろぐ。あの夜と同じ、掠れた声が鼓膜を撫でるとともに、久瀬の顔が近づいてきたから。

そのさまを、莞介は見つめ続ける。逃げることも抵抗することも、何もかも忘れて、そのまま……。

「……っ！」

二人同時に息を呑んだ。二人の押し殺した吐息以外何も聞こえない静寂の中、突如電子音が響いたせいだ。

瞬間、久瀬が……悪夢から醒《さ》めたように、何度か目を瞬《しばた》かせたかと思うと、即座に莞介から身を離し、鳴り続けているスマートフォンを手に取った。

「……も、もしもし？　……はい。……はい。分かりました。すぐ、帰ります」

手短に答えて通話を切る。それから、深い深い溜息を吐いて、こちらを向いた。

その顔はいつもの無表情で、

「ナツメさんから連絡があった。粉ミルクの缶を落として、全部駄目にしてしまったから、すぐ買って帰ってきてほしいそうだ」

口調も声音も、無機質な淡々とした喋り。そんなものだから、

「あ……う、うん。……帰ろっか」

何とか頷く。確かに、腹を空かせた楓を放っておくことなどできない。

久瀬が顎を引き、歩き出す。莞介も、慌ててその後に続く。

その後、粉ミルクを買って、帰路に就いた。久瀬の足取りは楓のことを気遣ってか、莞介が小走りになるほど早い。

会話はない。久瀬は何も言わない。莞介も、何も言わない……言えない。

莞介の心は激しい混乱の只中にあった。

さっき、自分たちは……何をしようとしていた？

久瀬が囁いてきた言葉の意味は？　そして、自分はその言葉をどう受け止めて、あんな言葉を発した？

あまりにも信じられないことがいっぺんに起こり過ぎて、受け止めきれない。

しかし、マンションの前まで来た時、久瀬が立ち止まり、振り返らないままに口を開いた。

「さっきの男……俺の義弟が言っていたことだが、見合いなんてしていない。義母が勝手に連れてきた女性に応対しただけだ」

「！　久瀬……」

「君は……俺が私生活を犠牲にしてまで、君に気を遣っていると考えて、あの部屋にはもういられない。俺に逢わないと、言ってくれたんだろう？　これ以上俺に迷惑をかけられないと思って。ありがとう。でも、俺は別に、無理なんてしていない。大丈夫だ。これまでどおり、君は楓のことだけ考えて」

他は、何も気にするな。

その声が、ひどく優しく耳に届いたものだから、莞介の胸はぎゅっと詰まった。

確かに……さっきのこと、久瀬の言うとおりの理論で結論づけて、片づけてしまえば楽だ。

久瀬と今の関係のままでいられるし、自分は同性に欲情してしまったのか？　とか、そういう難しいこと……考えなくて済む。都合がいい。

けれど、久瀬は？

久瀬が結婚すると聞いた途端、「もう逢わない！」と結論づけるほど取り乱す莞介に感極まって抱き締め、思わずキスしそうになった久瀬。

今まで、どれだけ我慢してきたのだろう？　どれだけ、苦しんできたのだろう？

自分は、苦しかった。

久瀬に抱き締められ、触れられることに歓びを覚えて以来、ずっと。

久瀬からの友情を踏みにじり、裏切っているという罪悪感。親友で……しかも同性の男に、触られたいと思ってしまうことへの嫌悪感。この胸の内を悟られたら、久瀬に嫌悪され、永遠に久瀬を失ってしまうかもしれないという恐怖。

それらの感情に圧し潰され、苦しくてしかたない。だったらそう考えるのをやめればいいのに、何度言い聞かせても、やめることができない。むしろ、ほしくなっていく一方。

だから、久瀬に結婚相手がいると聞いて、目の前が真っ暗になって……久瀬にもう一度抱き締めてもらった時、目頭が熱くなるほど嬉しかった。「一生結婚しないし、恋人も作らない」と囁かれた時などは、眩暈がするほどの幸福感に全身が包まれて――。

たった数日間思い患った自分でさえそうなのだ。久瀬だって、嬉しかったはずだ。少なくとも、我を忘れて莞介にキスしかけるほど。

それなのに、我に返った途端、「楓のことだけ考えて、他は気にするな」と言って、先ほどの行為はなかったことにしようとする。

莞介は今、育児ノイローゼで冷静な判断ができなくなっているだけ。莞介が自分に恋愛感情を抱いてくれるなんてありえないと思い込んでいるから？　それとも、莞介を自分のせいで同性愛者にしてしまうのは忍びないと思っているのか。判然としない。だが、どちらにしろ、

——結婚なんてしない。恋人も作らない。一生。……だから……君の許す限り、そばにいさせてくれ。

自分のものになってくれとも言わず、そう言って懇願してきた久瀬が、やるせなくてしかたない。それに……自分は、久瀬が自分と同じ気持ち、欲望を抱えていると知った今、なかったことになんて到底できない。むしろ——っ。

「ナツメさん」

深夜。買って帰った粉ミルクを飲ませて楓を寝かしつけた後、莞介はナツメに声をかけた。

「今日はありがとうございました。でも……申し訳ないんですが、今夜一晩、ふうちゃんを見てもらえませんか？　久瀬と、話がしたいんです」

頭を下げて頼むと、ナツメは髭《ひげ》をひくひくさせた。

「うーむ。やはり、先ほどだけではにゃかにゃおりできにゃかったか」

「！　ナツメさん……さっきは、育児ノイローゼって」

「ふふん。あの場はそういうことにしておいたほうが、色々と都合がいいだろう？　……にゃにを揉めているのかまでは知らんが、さっさと謝って許してもらえ。久瀬はお前にとって、一番かけがえのにゃい相手にゃのだろう？」

そう言われて、莞介はきゅっと唇を噛み締めた。

そうだ。久瀬は自分にとって唯一無二、かけがえのない相手だ。だから。

無言でもう一度頭を下げると、そのまま弾かれるように立ち上がり、莞介は久瀬の部屋へ向かった。

部屋に灯りがついていることを確かめ、震える手でノックする。

返事がない。もう一度してみるが、同じ。

何も話したくない。先ほどの件は全部なかったことにする。

そんな久瀬の思いが、物言わぬドアからひしひしと感じられた。

その沈黙に怯《ひる》みそうになったが、莞介は大きく息を吸い、もう一度ノックしようと手を上げた。その途端、ドアが開いて、久瀬が顔を出した。

「どうした」

いつもどおりの真顔。しかし、光の加減か何なのか、今はその無機質な表情がいやに怖く見える。

「ご、ごめん、こんな夜遅く。その……さ、さっきの、ことなんだけど」

「相楽、すまない」

緊張のあまりたどたどしく話す莞介の声を、久瀬がぴしゃりと遮る。

「実は、今夜中に片づけなければならない案件があって、今手が離せない」

「……っ」

「だから、話は明日にしてくれ」

明日なら、ちゃんと話せるから。目を逸らしたまま言われた。瞬間、莞介は頭に血が上った。

それは数日前、自分が久瀬に言ったのと同じ言葉。だから今、久瀬が何を考えているのか手に取るように分かった。

「相楽も、慣れない育児で疲れているだろう。早く休んだほうが……っ」

強引に久瀬を中へと押しやり、部屋に押し入る。そして、後ろ手でドアを閉めると、そのま
ま……目を見開いている久瀬の両頬を鷲掴みにして、

「相楽……！」

久瀬の唇に自分のそれを押しつける。

キスなんてしたことがないから、やり方も分からないし……久瀬の唇の感触を覚えただけで、
いっぱいいっぱいになってしまって、すぐ離してしまったが。

途端、久瀬が一歩後ずさった。それを見て、莞介は「駄目だ」と叫んで、慌てて久瀬に飛び

ついた。

久瀬の胸に耳を押しつけると、聞こえてくるのは今まで聞いた中で一番、尋常ではない速さと音で鳴り響く、心臓の鼓動。その音を聴くと、余計たまらなくなった。

「『そんなことさせない。君に我慢や遠慮なんかさせたくない』……俺にはそう言ったくせに、お前は我慢して遠慮するのかっ」

「さ、がら……」

「俺はっ……確かに、久瀬のこと、今まで親友としか思ってこなかった。でも……それと同時に、お、女の子と、付き合ったこともないし……好きになったことさえないんだ。お前が……久瀬がいれば、それでよかったから」

（……そうだ）

どんなに周囲に理解されなくても、仲間外れにされても、久瀬がいてくれれば寂しくもなければ、辛くもない……楽しいばかりだった。

それほどの相手がそばにいて、女の子なんか目に入らない……いや、音信不通になってしまっても、どうやったら久瀬に連絡が取れるだろう。繋がれるだろうと、そればかりを考え、躍起になるばかりだった。

「そ、それで……この前、お前に抱き締められてからは、お前に触られるのが、気持ちよくて……も、もっと触ってほしいとか、思うようになって！」

思い切ってそう言うと、久瀬の瞳が大きく揺れた。

もしかして、たったあれだけのことでそんなふうに思うようになるなんて……と、呆れているのだろうか。そう思うと、この先を続けるのが怖くなったが、懸命に口を動かす。

ここで挫《くじ》けたら、きっと一生、久瀬と真に分かり合うことなんかできない。

「俺は、久瀬がもっといっぱいほしい。誰にも、渡したくないっ。それくらい、久瀬が好きだ。こ、恋とかしたことないけど、とにかく好きだ！　久瀬のものなら、何でもほしい。だから、もう我慢も遠慮もしないで……お前の本当を、全部俺にくれ！　それで……んんっ？」

熱に浮かされたようにまくし立てていた言葉が途切れる。

突然、久瀬に顎を掴まれたかと思うと、上向かされ、唇に噛みつかれたせいだ。

「ぁ……く、ぜ？　ん、ぅっ……ぁ」

口内にするりと、熱く濡れたものが入ってきた。

これは……久瀬の舌っ？　驚愕していると、ぺろりと舌を舐《な》められた。

瞬間、背筋にぞくりと、今まで感じたことがない痺《しび》れが走り、肩が跳ねた。

「あ、あ……い、今、の……んんっ」

口づけが深くなる。

侵入してきた舌は無遠慮に莞介の口内を暴れ回り、縮こまった莞介の舌を搦《から》め捕《と》る。

強く吸い上げられ、甘く噛まれる。そのたびに、未知の感覚が全身を駆け巡る。

その感覚は、抱き締められた時のそれとは比べ物にならないくらい強烈で、莞介は狼狽した。

その間にも、肌が粟立《あわだ》ち、体がどんどん熱くなる。無意識に体が捩れ、

「く、ぜ……は、ぁ……ァ、あっ。ふ…ぅ……！」

触れ合った唇の合間から零れた声に、はっとする。

（い、まの……俺の、声？）

あんな、だらしなくて、みっともない……！

そう思ったら、とてつもない羞恥が襲ってきて、思わず久瀬の腕を掴んだ。

「う、んん……ぁ、あっ。く、く…ぜ……ゃ。や、め……はず、かし……ぃっ」

離れようとすると、強引に体をドアに押しつけられた。

あの久瀬がこんな乱暴なことをしてくるなんて。そう面食らっていると、痛いほど強く両の二の腕を掴まれた。

「駄目だ」

「！　ぁ……く、久瀬……」

「もう駄目だ。もう、離せない」

逃がさない。切羽詰まった声音でそう言い切り、至近距離で向けてきた眼光は、爛々と燃えていた。

全てを貪り尽くしたいと言わんばかりの、野蛮で、獰猛な……餓《う》えた獣《けもの》のような目。

怖いと瞬間的に思った。でも、それ以上に——。

「……う、ん。逃が、さ…ないで……」

「駄目だ」ときっぱり言われたことが、ひどく嬉しかった。


考えてみれば、久瀬は莞介の頼みをほとんど何でも聞いてくれた。

莞介が言わない、気づかないことでも、自分から進んでしてくれた。

いつもにこにこ、莞介に頼み事をされるのが、莞介の世話を焼けるのが嬉しくてしかたないというように笑って。

それが、莞介には不思議だった。クラスメイトや兄弟たちから馬鹿でのろまだとからかわれ、両親からは「おばけが見える」だなんて変なことを言う心の病人だと思われている自分に、どうしてそこまでしてくれるのか。

尋ねると、久瀬はそのたびにこう答えていた。友だちだから。

友だちだから、莞介の願いは何でも叶えてあげたいし、困っているなら助けてあげたい。そういうものだと。

そう言われるたび、友だちってすごいな。素敵だなあ。そう思っていた。馬鹿みたいに。

けれど、心のどこかで何となくだが、寂しいと思っていた。

莞介の意思ばかりを優先し、自分の願望を一切口にしない久瀬に。

だからこそ、今……莞介を押さえつけ、口内を蹂躙《じゅうりん》してくる久瀬に、すごく興奮している。

「く、ぜ……は、ぁ。も……だ、め……んぅ」

情熱的なキスで、体から完全に力が抜けて崩れ落ちそうになった頃、キスしたまま抱き上げられ、ベッドに連れていかれた。そして、シャツをたくし上げられて……。

「ん……く、久瀬？　ぁ……っ」

露《あら》わになった肌に熱い掌を這わされて、背が撓《しな》った。

舌を翻弄《ほんろう》されながらも訴えると、唇が離れた。しかし、久瀬の手は離れない。それどころか、片方の手が乳首を摘まんできて、こりこりと捏《こ》ね始める。

「久、瀬……ゃっ。や、だ。こ、んな……んんっ」

それだけで、さざ波のように快感が広がり、下半身がむずむずしてくる。

我慢できずに足を擦り合わせると、もうすっかり硬くなった自身を感じた。しかも、乳首を弄られるほどに硬質さが増していくものだから、首筋まで赤くなる。

「……嫌か？」

「ぃ、や……は、ずかし…い、し……こん、な……ぁ」

「こんな？」

綺麗な顔が至近距離で見つめてくる。その視線がますます羞恥心を煽ったが、

「気持ち、よすぎて……変な俺、見て……久瀬が、俺のこと嫌いになるのが、や……ああっ」

正直な気持ちを口にすると、久瀬が莞介の胸に顔を埋めてきた。

乳首を口に含まれる。温かくて濡れた感触と、ぴちゃぴちゃといういやらしい水音……そして、何より……あの久瀬に乳首を舐められている事実に、羞恥と快感が一気に込み上げて、体が思わず逃げを打ったが、シーツに縫い留められる。

「嫌いになんて、なるわけがない。むしろ、もっと……見せてくれ」

「久瀬……ぁ、あっ！　んん、ぅ……く」

「相楽……好きだ。好きだ、相楽……ん」

暴いた莞介の肌に、沁み込ませるように囁きながら、口づけを落としていく。

それが、恐ろしく感じた。

久瀬が初めて心の底を晒し、自分にぶつけてくれている。そう思ったら、体は勿論、心がどうしようもなく感じて、理性が焼き切れた。

「く、ぜ……久瀬っ。好、き……俺も、久瀬が、す…き……ぁ、あっ」

熱に浮かされたように言いながら、久瀬にしがみつく。

そんな莞介に、久瀬の理性も吹き飛んだようだった。

二人とも、壊れたように「好きだ、好きだ」と繰り返しながら、互いを求め合った。

と、いっても、久瀬からの愛撫《あいぶ》にすっかり参っていた莞介は、惜しげもなく体を差し出すのが精いっぱいだったが。

その体を、久瀬が愛撫する。

一糸纏わぬ姿に剥き、額からつま先まで念入りに、それこそ……眼鏡が外れたことも気づかないほど夢中で。

久瀬の愛撫は、怖いくらい気持ちよかった。

どこを触られても、どこに口づけられても感じる。噛まれれば甘い痺れが身を焼き、頭の奥が蕩《とろ》けていく。

けれど、そのうち……蓄積された快感が下肢に集中し、たまらなくなってきた。

「く、く…ぜ……は、ぁ……も、もう……ん」

達《い》きたい。なんて、さすがに言えなくて、何とかそう訴える。

久瀬はそれだけで分かってくれたようだった。でも。

「！　ぁ……く、久瀬。この硬いの……んんっ」

「相楽も、触ってくれ」

一緒に達こう。莞介に覆いかぶさり、口づけながら何かを握らせてきた。

それが、怒張した自分の竿と、久瀬のそれだと分かった瞬間。全身の血液が沸騰して、

「あぁっ！」

目の前が真っ白になるとともに、莞介は白濁を吐き出してしまった。

「あ……は、ぁ……く、久瀬。ご、ごめ……！　久瀬っ、待って……ああっ」

「悪いっ、相楽」

莞介の掌で再度、莞介と自身の竿を扱《しご》き始めながら、久瀬が唸った。

「止められない……すまないが、もう一回……っ」

「そ、んな……ぁっ。お、れ……達った、ばっかり……ぁ、んんっ」

久瀬は聞いてくれない。強く握り込まれ、ますます激しく扱いてくる。

そうして分かったのは、達ったばかりだというのに依然勃起したままでいる自分自身と、熱くて硬い久瀬の感触。

久瀬が、自分にこんなにも感じてくれている！

興奮した。もっと久瀬を気持ちよくしたくて、それまで久瀬の手の中でされるがままだった掌を自ら動かして、扱き始める。

「！　っ……相楽。……ぁ」

口内に漏れる久瀬の悩ましい声にいよいよ興奮して、扱く手を速める。すると、快感が一気に込み上げてきて、

「ん…ふ、ぅ……く、ぜ……久瀬っ。……あああっ」

再び、目の前が真っ白になった。

勢いよく吐き出された白濁が腹を汚す。しかも、なかなか治まってくれない。快感も、ずっ

と下肢に残ったままで——。

くすぶり続ける熱に拙く喘《あえ》いでいると、久瀬が莞介の上に崩れ落ちてきた。

熱っぽく乱れた吐息に弛緩した体の感触。そこでようやく、久瀬も達したことに気がついた。

(久瀬……俺の手で、達ってくれたんだ……!)

えも言われぬ感動に打ち震えていると、久瀬がおもむろに身を離し、顔を覗き込んできた。

「相楽……大丈夫か?」

心なしか心配そうな面持ちで訊いてくる久瀬に、こくこく頷いてみせる。

「は、ぁ……う、うん。大丈夫だよ? でも……その、もう……しないのか?」

「……え」

「だって……お前、これ以上のこと……俺に、したいんじゃないのか?」

ぎこちなく尋ねると、久瀬が目を見開いた。いつも以上に表情筋を動かして驚く久瀬に、莞介は逃げるように目を逸らして俯いた。何とも居たたまれない。……でも。

「……い、いいよ? しても。お前がほしいもの、俺に……あげられるなら、全部、やりたいんだ……っ」

声を上擦らせながらも一生懸命言葉にしていると、ぎゅっと抱き締められた。

「相楽……俺は怖い」

「……久瀬?」

「君に、際限なく甘やかされて、君への想いに溺れて……相手の都合を考えない、駄目な人間になりそうで怖い」

駄目？　莞介が首を傾げると、久瀬は重い息を吐いた。

「本当は、こんな無理をさせるべきじゃなかった。君が本当に男の俺でも大丈夫か、まず確かめるべきだったし……未経験の俺が、君を傷つけてしまう危険だって十二分にあった。そう、分かっていたのに」

「え？　はは。久瀬は心配性だなあ。大丈夫。とても未経験だなんて思わなかっ……未経験っ？」

暢気に笑っていた莞介は素っ頓狂な声を上げ、慌てて久瀬の顔を覗き込んだ。

「く、久瀬……お前、こういうこと、したことがないのか？」

「……。……ああ」

少しの間を置いて、久瀬がぼそりとそう呟くものだから、莞介は仰天した。

久瀬が未経験？　こんなに格好良くて優しくて、金持ちのセレブで、社長の久瀬が？

「じゃ、じゃあ、誰かと付き合ったことは……」

「こんなにも好きな君がいるのに、他の誰かとなんて、付き合えるわけがないだろう」

生真面目な、実に久瀬らしい答え……とは思う。だが、それにしたって――。

「あの……すごく、野暮なこと訊くんだけど、久瀬……いつから、俺のこと好きだった…」

「君が、初めて声をかけてくれた時から」

「！　そ、それって……」

「一目惚れだ。すごく可愛くて……天使だと思った」

天使っ？　すさまじい単語が飛び出し、驚愕する。

天使だなんて、生まれてこの方、誰にも言われたことがない。

さすがに不細工とまでは言われたことはないが、ぱっとしないぼんやり顔とからかわれるのが常だった。そんな自分を天使だって？

あばたもえくぼという言葉はあるが、それは一目惚れには使わないだろうし……。

ぐるぐる考えていると、久瀬がこちらに視線を戻してきた。

「今も、そう思っている。君は出逢った時からずっと変わらない。姿も心も、誰よりも綺麗な天使だ」

頭から何かが噴火した気がした。

何なのだ、この男。普通そんな恥ずかしい台詞を言ったって白けるだけだろうに、なぜそんなにも恐ろしくきまって、格好いいのだ！

これこそあばたもえくぼ？　いや、久瀬ほどの男にこんなことを言われたら、誰だってときめくはず。

これまで相当モテたに違いない。しかし、誰とも付き合ったことがないと言う久瀬。

それだけ自分のことを想い続けてくれていたのかと思うと嬉しくもあり、切なくもあった。

長い間、友人への許されざる恋に、独り苦しみ続けてきたのかと思うと。

その上、引き取られた家では惨《むご》い苛めを受けて……。

我慢に我慢を重ねるばかりの日々だったことだろう。それなのに。

「だから、俺は……っ」

久瀬がはっとしたように飛び起きた。

「相楽、楓の鈴の音がする」

「え？　ふうちゃんの？　まさか……わっ」

上体を起こすと、久瀬は近くに転がっていたシャツを莞介に羽織らせ、汚れた下肢を手早く拭き取った。

「早く行ってやってくれ」

そう促され、半信半疑になりながらもドアを開けてみると、

『あぅあ！　ぶっぶぶう！』

愛くるしい笑顔で両手を上げる、怪獣の尻尾つきロンパース姿の楓と目が合ったものだから、びっくりした。

「久瀬！　本当にふうちゃんがいた。ナツメさん、また寝っちゃったのかな……あ」

『あぶぶぅ！』

抱き上げようとする莞介の手をかいくぐり、楓がまた勢いよく、鈴を鳴らしながら転がっていく。そして、ズボンだけ穿《は》いてこちらに近づいてきていた久瀬の前までたどり着くと止まって、両手をぶんぶん振った。

「……ああ。そこにいるのか」

鈴の音で楓の位置を把握した久瀬は座って、慎重な手つきで膝上に楓を抱き上げた。指を差し出せば、すかさず掴んでご機嫌に笑う。

「はは。ふうちゃんは本当に、久瀬の指が好きだな……」

「相楽。これからは、こういうことをする時はよくよく考えないといけない」

「……え？」

「子どもの楓には絶対、ああいう行為を見せたり聞かせたりするべきじゃない。教育上よくないし、楓が傷つく」

「あ……そ、そっか。そうだよな、うん。確かに、赤ちゃんのふうちゃんにはよくない。でも……はは」

恐ろしく深刻な物言いに、思わず笑ってしまった。

莞介を想って、キスしようとしたことをうやむやにしようとしたり、こんな時でも、すぐ楓の気配に気づいてここまで気遣ったりする。

そのくせ、恋が成就した喜びよりも、莞介への恋に溺れて駄目な人間になりそうで怖いだなんて言う。本当に、どこまで優しいんだろう。どこまで――。

「相楽？　どうした……」

「俺に言わせれば、お前のほうが天使だよ」

首を傾げる久瀬に、莞介はしみじみと呟いた。

久瀬の目が驚いたように見開かれる。莞介はにっこりと微笑った。

「久瀬、お前は大丈夫だよ。こんな時でも、ここまでふうちゃんを気遣えるお前は、駄目な人間になんかならない……なれないよ」

だから大丈夫。もう一度その言葉を繰り返すと、久瀬は顔を掌で覆って俯いてしまった。

「全く。君って人は……っ」

心底困り果てたような声だった。そんな久瀬を仰ぎ見て、楓が不思議そうに小首を傾げる。

そのさまを見、莞介は笑みを深めて、こう思った。

自分の心を抑え込むことに慣れ過ぎて、少し我を出しただけでも罪悪を覚えてしまうようになった久瀬。これからは、何でも本音で言い合えて、気安く甘えられるようにしてやりたい。

と、その時は、暢気にそう思っていたのだが――。

＋＋＋

すこんと抜けた冬晴れの蒼が眩しい、十二月のとある昼下がり。

都内は初めての雪で、うっすらと白く染まっている。その街並みの一角に聳え立つタワーマンションの一室では、緊張した空気が流れていた。このマンションで働くコンシェルジュのミーティングルームだ。

「この折れ線グラフからも分かるように、久瀬様のお部屋での怪奇現象は、ここ四年間で増加の一途をたどっています。住人である久瀬様からの苦情がないので、これまで放置してきましたが、早急に対処するべき段階に来ていると考えられます」

ホワイトボードに張られた、「誰もいないのに足音がする、話し声がする」「鈴の音が鳴り響く」「ポルターガイスト現象」といった、久瀬の部屋で報告された怪奇現象それぞれの発生回数の折れ線グラフを指し示し、力説するスタッフに、聞いていた上司が眉を顰《ひそ》める。

「君たちの窮状はよく分かった。しかしだね。対処するにしてもどうするつもりだ。久瀬様に『あなたは呪われているので、早急にお祓《はら》いしてもらえ』とでも言えと？」

「い、いえ、久瀬様が外出している間に、こっそり除霊師を呼んでお祓いしてもらうとか」

「久瀬様はともかく、同居人である相楽様は在宅でお仕事をされているから、ほとんど外出されない。時々気分転換の散歩に出られるが、二時間もせずに戻ってくるぞ。その間にできるのか？　さらに、除霊師から住人も除霊が必要と言われたらどうする？」

「そ、それは……じゃあ！　僕をあの部屋の担当から外してください！　もう限界です！」

などと、悲痛な叫びが上がっているなど知るよしもない、今日の久瀬家はひどく静かだ。

いつもは、妖怪たちと、今年四歳になる元気いっぱいの楓がいて賑やかなことこの上ないが、今は皆でおでかけ中。都内に雪が積もったとテレビのニュースで知るなり、外に飛び出していったのだ。

そんな中、一室だけ物音が漏れる部屋があった。久瀬の寝室だ。

「ぁ……久、瀬……久瀬っ。早、く……早くっ」

ベッドにも行かず立ったまま、久瀬のベルトを性急に外しながら、莞介が久瀬の舌を舐めると、久瀬はわずかに目を見開いた。

「もう？　でも……」

「は、ぁ……だ、大丈夫、だから、早く……あっ」

くちゅりと音を立てて、指が内部に潜り込んできた。それだけで腰が砕けるほど感じて、思わずしがみつくと、

「柔らかい」

ぼそりと、久瀬が呟く。その低い響きに、体が怯《おび》えるように強張った。

「く、久瀬。あ…あの……あ、ああっ」

「自分で弄ったんだな、ココ」

確認するように長い指で大きく掻き回しながら、またぼそりと呟く。そんなものだからたま

らなくなって。

「あ……だ、だって、ココ……柔らかくないと、久瀬……挿入《い》れてくれない、から……あぁっ」

「それ……二週間前のことを言っているのか？」

身悶えながら、莞介はこくこく頷いた。

莞介たちは、最初の行為の時以降、セックスは外出先でするか、楓の留守中にしようと決めた。

楓は寂しがり屋で、莞介と久瀬、どちらの姿も見えないとすぐ探し始めてしまうためだ。けれど、その取り決めの下では、できる回数はかなり限られる。

肌を合わせた前々回など、二カ月以上も前だ。二人の仕事の都合だったり何だりが全く噛み合わず、機会が作れなかったのだ。

だから二週間前のあの日、莞介はいつになく興奮していた。久しぶりに、久瀬と深く繋がることができると。

久瀬も同じ気持ちのようだった。楓たちが出ていくなり莞介を引き寄せ、情熱的なキスをしかけつつ、下肢をまさぐってきた。

しかし、指ではしてくれても、なかなか挿入はしてくれない。二カ月以上もしていなかったせいで、莞介のソコはすっかり硬くなってしまっていたのだ。

久瀬は解れるまでは挿入れないと言い張った。莞介を傷つけたり、痛い思いをさせたりする行為は絶対できないと。

それが久瀬という男だと、よく分かっていた。最初に肌を触れ合わせて、指を挿入れるのに一カ月。挿入するまでに半年以上費やされたあの頃から、嫌というほど。

だが、解れる前に結局時間切れになって……煽られるだけ煽られて放り出されると、ちょっと恨みたくもなる。

あの時は本当に辛かった。とどめを求め、じんじんと疼《うず》き続ける内部にどうにかなってしまいそうだった。

もうあんな甘苦は嫌だ。その上……久瀬は昨日まで、東北のほうに三日もの間出張に行っていた。その間の寂しさも相まって、羞恥で神経が焼き切れそうになりながらも、こっそり自分で……と、唇を噛み締めると、久瀬は涙が滲む眦《まなじり》を舐めてくれた。

「すまない。君にそこまでのことをさせて。ただ……」

「！　……ああっ」

「挿入れたのは、君の指だけか？　他にも……何か挿入れたのか？」

指を出し入れしながら質問される。また、声が低くなる。

「それ用の道具を買ったのか？　それとも、身近にある何かで代用したか……」

「ぁ、ああ……ゆ、指だけ……んんっ」

「……そうか。じゃあ……俺の指と自分の指、どっちが気持ちいい？」

耳に唇を寄せられ、吐息だけで囁かれる。毒のように甘い吐息に喉がひくつく。

「は、ぁ……く、ぜ……久瀬の、指……あああっ」

声を上げる。久瀬が莞介の右足を抱え上げ、壁に押さえつけてきたかと思うと、熱い楔《くさび》を打ち込んできたから。

かなり強引ではあったが、慣らしていたソコはあっさりと最奥まで、久瀬を受け入れた。

痛みはほとんどなかった。あるのはただただ、目も眩《くら》むような歓喜と悦楽。

「ア、ああ……んんっ。久、瀬……久瀬っ。ぃ…ああっ」

「相楽。どうしてほしい？　言ってくれ。そのとおりにするから」

促すように、緩く腰を動かされる。それだけで、ぐちゅりぐちゅりと音がして、羞恥心を煽られたが——。

「あ、あ……奥、いて……奥、いっぱい……久瀬ので、掻き回してっ……ァ、あ…んん」

しがみついて、腰を擦りつける。

そんな自分に、いまだに驚く別の自分がいる。

今まで、性欲なんて皆無といってよかった。

興味だって欠片もなかったから、知識だってほとんどない。そのくせ、危機感なんてまるで持っていなかった。

久瀬と晴れて恋人同士になった時も、同性の久瀬と恋人同士になることで悪くなるだろう世間体など気になったが、後は……これで久瀬と本音で付き合える。もっと深く繋がれる！　と、嬉しいばかりだった。

けれど、久瀬に全身の隅々、奥の奥まで愛撫されるうち、心も体もどんどん変わっていった。

大好きな久瀬と一緒に暮らして、キスもハグも毎日しても……それだけでは足りない！

もっともっと久瀬がほしい！　と、自分から懇願し、腰を振ってしまうような。

抱かれずにいれば治るのかと思ったが、駄目だった。むしろ……少しでも長く、久瀬と繋がっていたいからと、自ら指を突っ込んで慣らすほどに悪化してしまって――。

もう、四年前の何も知らなかった自分には戻れない。あとはどこまでも、堕《お》ちていくだけ。

そう思うと、ひどく怖い。でも――。

「はあ……ぁあ……久瀬。もう、無理……し、しご…いて、いい?………ぃ、あっ」

「駄目だ」

硬く張り詰めた自身へと向かう莞介の手を鷲掴みにし、久瀬が耳に唇を寄せてくる。

「ココに、教え込まないと」

「く、ぜ……ぁっ。ふ、ふ、か…い……だ、め……や、め……あああっ」

制止しようとするが、久瀬はやめてくれない。

ますます乱暴に突き上げられる。それでも悦《よろこ》んで、久瀬をきゅうきゅうと締め付ける体。

本当に、怖い。でも。

「俺以外、受け付けないように、してしまわないと……っ」
だけど――。

気がつくと、莞介は久瀬の腕の中にいた。

二人ともきちんと服を着ている。莞介が気を失っているうちに、久瀬が全部やってくれたらしい。

「……すまない」

顔を上げると、こちらを覗き込む久瀬と目が合った。顔はいつもどおりの無表情だが、眼鏡のレンズ越しに見えるその目は、叱られた犬のようにしゅんとしている。

「また、無理をさせて……」

「……久瀬さ。俺が自分で解すの、そんなに嫌？」

久瀬の目を見据えたまま、やんわりと尋ねる。その問いに、久瀬は目を白黒させたが、少しの逡巡の後、意を決したようにこちらを見据え、

「……ああ。嫌だ」

君を、俺以下の誰にも触れさせたくない。

きっぱりと言った。その熱烈な瞳と言葉に心臓が高鳴って、莞介は思わず目を逸らした。

「……うん。俺も、久瀬じゃなきゃ嫌。だから」

今度は、痛くてもいいから挿入れて？　耳まで赤くなりながら、消え入りそうな声で何とかそう返すと、強く抱き締められるとともに、口づけられて……ああ。

実を言うと、不安だった。早く挿入れてほしいからと、楓がいるにも関わらず自分で慣らしておくなんて、何とスケベでいやらしい奴なのだと、軽蔑されたらどうしようと。

しかし、久瀬は引くどころか、莞介の指に嫉妬《しっと》してきた。咎《とが》めるように莞介を激しく抱いた上、莞介が自分でするのさえ嫌だとはっきりと宣言する。

これまでの久瀬なら、考えられなかったことだ。

自分も変わったが、久瀬も変わった。だから……構わないと思うのだ。

自分がどんなに変わっても、久瀬がともに変わってくれて、変わった自分でも好きだと言い、際限なく求めてくれる。それなら、いい。

この状況だけでも、とてもありがたくて、幸せなこと。

けれど、僥倖《ぎょうこう》はそれだけではなくて……。

『かんたーん！　くうたーん！』

愛らしい舌ったらずな声が聞こえてきた。

久瀬に助け起こされ、声がしたリビングに向かうと、ナツメをはじめ妖怪たちとともに、あたりをきょろきょろ見回す、緑のダッフルコートを着た男の子の姿があった。

歳の頃は四歳くらい。栗色の柔らかな癖っ毛。赤く色づいたぷっくりほっぺ。くりくりっとした大きな目。右手首に結ばれた小さな鈴。背中から生えた、灰色の小さな翼。

『あ！　かんたん！』

ダッフルコートの男の子、楓は莞介の姿を見るなり、満面の笑みを浮かべてこちらにちょろちょろ駆けてきた。

『みてみて！　ふうがね、つくった……』

「おかえり、ふうちゃん」

『あ！　わすれてた！　ただいまかえりまちた！　それで……えっとね。あ！　みて、かんたん。ふうがね、つくったゆきだるまさん！』

楓が誇らしげに、抱えていた小さな雪だるまをかざして見せるので、莞介は「わあ」と声を上げた。

「すごい、ふうちゃん。とっても上手にできてて可愛い！」

『ほんと？』

「うん！　この椿《つばき》の花びらのほっぺなんか、すごくよくできてる！　一人で作ったの？」

「うむ。我らは作り方を教えただけで、後はふうちゃんが一人で作ったぞ。立派である」

「ばうばう！」

暖炉の前で、冷えたお尻を温めつつ、ナツメたちがそう言うので、莞介は「ふうちゃんすごい！」と拍手した。楓が『へへへ』とはにかみながら、嬉しそうに背中の翼をぱたぱたさせる。

その姿がまた可愛くて、莞介が頭を撫でていると、いつの間にかいなくなっていた久瀬がリビングに入ってきた。

『あ！　くうたんっ』

久瀬の姿を見るなり、楓は久瀬の許に飛んでいった。

『くうたん、みて！　ふうがね、つくったの』

久瀬に雪だるまを突き出しながら、ぴょんぴょん跳ねる。久瀬はわずかに目元を綻ばせつつ、しゃがみ込んだ。

「ああ。よくできてる。頑張ったな」

そう言って、久瀬は右の掌を楓のほうに向けてかざした。

楓が自分から、癖っ毛頭を久瀬の掌へと突き出す。それでようやく楓の頭を捉えた掌が、愛おしげに癖っ毛頭をくしゃくしゃ撫でる。その所作に、莞介は目を細める。

（……あれ。すごく、気持ちいいんだよなあ）

楓もそう思っているらしく、「うーん！」と気持ちよさそうな声を漏らしている。

あんまり可愛い表情だったから、そばに置いてあったスケッチブックを手に取り、手早くその表情を描き写していると、久瀬がおもむろに手を離した。

その手ともう片方の手でそっと、探るようにして雪だるまを持った楓の……寒さで赤く腫れた小さな手を包み込んだ。

「寒かったろう。温かいココアを作ったから、キッチンに飲みにおいで」

手の甲をぽんぽん叩くと、楓は目を輝かせた。

『わあ！　ここあ、のむ……あ。ゆきだるまさんもさむいから、のませていい？』

「あ。ふうちゃん。雪だるまさんはね、寒いほうが好きなんだ。だから、バルコニーに出してあげようね」

莞介がすかさず言うと、楓は大きな目をパチパチさせた。

『ええ？　そうなの？　じゃあ、ゆきだるまさん、おそといこっか！』

雪だるまにそう話しかけながら、バルコニーに向かう。

その後ろ姿を見やり、莞介は笑みを零す。

楓を育て始めて早四年。

最初はどうなることかと思ったが、ここまで元気にすくすくと成長してくれた。

勿論、ここまでの道は決して平たんではなかった。

まずは、一般的な育児の悩み。これについては、久瀬が全面的に請け負った。

楓の成長に合った食事や訓練を日々研究して、毎日美味しい料理を作り、這い這いや立つための補助器具やおもちゃを用意する。

背中に生えた翼も大きくなってきていることに気づくと、いつか普通の服が着られなくなると見越して、裁縫セットやミシンを買ってきて服作りまで始めてしまった。

今では、楓が着ている服は全て、買ってきた市販品を久瀬が楓用に改造したもので――。

楓が今日まで大きな病気や怪我もせず、こんなに元気に大きくなれたのは久瀬のおかげだ。

しかし、そんな久瀬でもどうしようもないことがあった。

それは、久瀬が楓の姿が見えず、声も聞こえないという事実。

当然、せっかく作った久瀬の料理を美味しそうに食べる姿も、久瀬が作った服を着た姿も見えない。立ったり、歩いたり、話したりする訓練もしてやれない。

このあたりのことは、莞介が受け持った。

久瀬の料理を幸せそうに頬張る顔や、久瀬が作った服を着てはしゃぐ姿などは、できるだけスケッチして久瀬に伝えるよう努め、久瀬が色々調べて用意してくれた資料やおもちゃを使って楓に訓練をさせた。

久瀬が用意してくれた資料がよかったのか。楓の要領がよかったのか。立って歩く訓練も、話す訓練も、そこまで苦労することはなかったと思う。

しかし、楓が立って走ったり、お喋りしたりと、できることが増えていくにつれて、久瀬と楓の間にギクシャクした空気が漂い始めた。

楓は、莞介たちにするのと同じ感覚で、久瀬にボール投げや鬼ごっこ、お喋りをせがんだ。

莞介たちが一緒にいる時ならまだ何とかなったが、久瀬が一人でいる時では、満足に遊ぶことは勿論、会話も……鈴の音で感情までは読み取れても、具体的な思考までは分からないから、噛み合わせることもできない。ひどい時には、楓の呼びかけを無視する形になってしまう。

――くうたんがいじわるするぅ！

そう言って癇癪《かんしゃく》を起こすようになった楓を諭《さと》すのも、莞介の役割だった。

久瀬の性格から考えて、楓に謝ることしかできないだろうし、下手をしたら、楓が傷つくのならもう自分に関わらなくてもいいと言い出しかねない。

楓が癇癪を起こすたび、莞介は久瀬の事情をできるだけ分かりやすく丁寧に説明したが、楓は頑なにぶんぶん首を振るばかり。

久瀬が何も見えず聞こえないのであるならまだしも、莞介やナツメたちには普通に接している。自分だけ違うなんておかしいと言い張る。

それでも根気強く説明し、ようやく理解させると、今度は泣き出した。

――なんで、ふうだけ？　ふうも、みんなみたいに、くうたんとおしゃべりしたい。あそびたい。……ううう。

ますます泣いてしまう。莞介はそんな楓を優しく抱き締めた。

久瀬からの愛情はしっかりと楓に届いていて、楓も久瀬を好いてくれている。だからこそ、楓はこんなに苦しんでいる……なんて。

ひどくやるせない。でも、だからこそ……分かり合えるよう努力することができる。

――ふうちゃん。俺もね、久瀬とちゃんとお喋りできなかったんだよ？

――ええっ？　かんたんも？　……うそ！　くうたんはかんたんがみえるち、こえもきこえるのに！

――嘘じゃないよ？　俺も、久瀬と見えているものが違うんだ。それで……俺はお喋りが下手だから、ちゃんと教えてあげられなくて。だからね、お絵描きすることにしたんだ。

――……おえかき？

――そう。今も久瀬と話してる時はお絵描きしてるだろう？　だから……。

――うん！　わかった！

説明しようとする莞介の言葉を、楓が勢いよく遮った。

――え……え？　もう、分かったの？

――うん！　ふうもおえかきする！

自信満々にそう叫ぶ。いや、それはあくまで自分の場合で、楓もそうだというわけでは……と、言おうと思ったが、

――かんたん！　くれよんどこ？

もう席を立ってしまう。……まあ、楓がやる気になったのならいいか。と、その時は軽い気持ちで始めさせてみたが、この話を漫画にして掲載してみると、

『簡単に描けるマークをふうちゃんに教えて、センさんと会話できる流れですね。分かりま

す』

寄せられたこのコメントを見て、楓にも描けそうなマークを考え、教えるようにした。

あれから、半年。

『さっきね、こうえんにね……いったらね』

皆で、久瀬が用意してくれたマシュマロ入りのココアを飲んだ後。楓は久瀬に見えるように開いたお絵かき帳をテーブルに置いて、莞介が教えたブランコの絵を描き始めた。

それを見て、久瀬が「ああ。公園に行ったのか」と頷く。

『ひとつめこぞうくんがいたの。それでね……ゆきがっせんちたよ！』

今度は、翼の生えた男の子と、一つしか目がない男の子が、雪だるまを投げ合う絵を描く。

莞介が、雪のマークを「雪だるま」と教えたせいだ。久瀬は一瞬、訝しげに目を細めたが、

「……ああ。一つ目小僧さんと雪合戦したのか」

何とか理解してくれた。それから。

「とても楽しかったのか。よかったな」

描かれた人物の表情から読み取った久瀬がそう言い足すと、楓が翼をぱたぱたさせながら、

黙って成り行きを見守っていた莞介たちのほうに、勢いよく顔を向けてきた。

『かんたん！　ふう、くうたんとおしゃべりできたよ！』

誇らしげに絵をかざしてくる楓に、莞介は両手で、ナツメとあくびたちは前脚で拍手した。

「ふうちゃん、すごい！　とっても上手に描けてる。この、雪を投げる動きなんて、本当に動いてるみたい！」

「うむうむ！　実に上手く描けている。吾輩もちゃんと分かったぞ！」

「ばうばう！」

口々にそう言ってやると、楓はほっぺを紅潮させ、いよいよ翼を羽ばたかせた。

自分の描いた絵で、伝えたいことを全部伝えられたことが嬉しくてしかたないらしい。

そんな楓が、これまで一生懸命絵の練習をしてきたことを知っているのも相まって、愛おしくてしかたない。そして……楓のほうを向いて、久瀬が浮かべた表情といったら――。


「……久瀬。本当に変わったよなあ」

夜。寝ている楓を挟んで久瀬と床に入った莞介は、しみじみと呟いた。

久瀬が不思議そうにこちらを見やってくるので、莞介は指折り数え始めた。

「お菓子作りが上手くなった。裁縫が上手くなった。やきもち焼きになった」

「それは……っ」

「あと、全体的に柔らかくなった」

人差し指の先で頬を軽く突いてやる。すると、久瀬は……なぜかみるみる表情を強張らせ、モデル並みに綺麗に引き締まった自身の体へと目を落とした。

「全体的……それは、腹も腕も全部弛んでいるということか！」

「へ？　……はは！　違う違う。太ったとかそういう意味じゃなくて、例えば……身だしなみというか、髪型。四六時中ジェルとかでビシッて決めてたのに、今は……うん。俺、こっちのほうが好きだよ」

だらしなくなったのか云々言い出す前にそう言って、額にさらりと落ちた、長い前髪を梳いてやる。これのおかげで、それまでの硬質で鋭い印象がだいぶ和らぎ、穏やかな風情になった。

久瀬がこの髪型になるのは、眼鏡同様、莞介たちの前だけだが……いや、自分たちにだけ晒してくれる姿だからこそ、よりいっそう好ましく思うのかも。

「それから、筋肉とか心臓？　再会した頃なんてもうガチガチに固まってて、心臓なんて……こっちが心配になるくらい、やばい動き方してたけど、今は……あれ？」

身を乗り出して、久瀬の胸に耳を押しつけてみると、ドドドドドとけたたましく鳴り響く鼓動が聞こえてきたものだから、首を捻ると、

「……君が、突然接触してくるからだ」

目を逸らしたまま、低く唸る。この四年、毎日キスやハグをして、こうして一緒に寝るようにもなって……昼間なんてかなり激しいセックスをしたというのに、まだそんな初々《ういうい》しい反応を示す久瀬に、こちらも少し顔が熱くなった。

四年前と少しも変わらぬ熱量で恋し続けてくれていることがひしひしと感じられて、嬉しくも恥ずかしくなったのだ。

「う、うん。心臓は……あんまり、変わってなかったな。はは……でも、表情はかなり柔らかくなったよ。ちょっとだけど、笑顔を作れるくらい」

「！　笑顔……俺が、か？」

思わずといったように訊き返してくる久瀬に、莞介は深く頷いてみせる。

「うん。昼間、ふうちゃんと雪合戦の話をしている時も、微笑《わら》ってた」

そう教えてやると、久瀬は驚いたように瞬きした。それから、莞介と、寝ている楓のほうとを交互に見て、

「俺は……自分が思っている以上にずっとずっと、幸せなんだな。君たちのおかげで」

淡々とした口調ながらもそう言って、眦をわずかに下げる。その言葉と笑みに頬が赤くなりながらも、莞介はこくりと頷く。

「……うん。俺も、そう思う」

久瀬とこうして一緒に暮らせることも幸せだが、久瀬とともに楓を慈しみ育めることも、かけがえのない幸せだ。

楓は日々、たくさんの驚きと喜びをくれる。自分たちが楓を育てるためにしている苦労や我慢を簡単に打ち消してしまうほどの。

例えば昼間、莞介が教えたお絵描きで一生懸命久瀬と対話する姿を見ていると、久瀬と好きな時にセックスできないことくらい何だと思って……ああ。

「久瀬……俺とお前は、男だ」

「……ああ」

「どんなに抱き合ったって、子どもはできない。……勿論な？　それでもいいって、俺は思ってる。女の人と結婚したら味わえるだろう、自分と血の繋がった赤ちゃんを抱いて育てることとか、じいちゃんになって、孫に囲まれることとか……そういうの、全部放棄してもいいくらい、久瀬と一緒にいたいって。それなのに」

莞介は眠っている楓の赤いほっぺに触れた。

「今こうして、お前と一緒にふうちゃんを育ててる。普通の夫婦みたいにさ。しかも……ふうちゃんは可愛くて、すごくいい子だ。見えている世界も聞こえる音も違うお前からの愛情をちゃんと受け取って、お前と仲良くなろうと一生懸命努力してる。お前も……見えないし聞こえないふうちゃんを、すごく可愛がって……こんなこと、血の繋がった家族でもなかなかできないことなのに」

少なくとも、自分の両親、兄弟たちにはできなかった。

自分たちには見えないものが見えるだなんて言うお前はおかしい。そんなお前と同類だと思われて白い目で見られたくないから黙っていろと強要してくるばかりだった。

そんな家を出て、十一年。仕送りはしているが、一度も家に帰っていない。漫画家になったことも、男の久瀬と恋人になって同棲していることも、何一つ報せていない。

自分が見えると言ったおばけをとことん否定し、世間体を何より気にする彼らにそんなことを話したらどうなるか、考えただけで気が滅入る。

そして、何も連絡しない莞介に対して、あちらからの反応もほぼなし。

互いにどこまでも無関心。何もない。そんな家で育ったからこそ、今がどれだけ幸せか、身にしみて分かって……久瀬と楓が、ますます愛おしくなるばかりだ。だから。

「いっぱい、いっぱい、幸せになってほしい」

すやすやと安らかな寝息を立てている楓の頭を愛おしげに撫でながら噛み締めるように言うと、久瀬は深く頷いた。

「ああ。俺も、そう願っている。楓という名前を呼ぶたび、いつも」

「？　ふうちゃんの名前……っ」

言いかけ、莞介ははっと息を詰めた。久瀬が不思議そうに首を傾げる。

「……相楽？　どうかしたか」

「え？　……別に？　あ……ああ！　ふうちゃん、またお腹出てる！」

いつの間にかめくり上がったパジャマから覗く、幼児特有のぽっこりお腹を見て声を上げると、久瀬が「またか」と眉根を寄せた。

「服のサイズはゆったりしたものを選んでいるのに、どうして……」

久瀬が眼鏡に手をやりながら考え込む。どうやら、思考を逸らせたらしい。そのことに内心ほっとしたが、胸の内に去来したのは、いつかの久瀬の言葉。

――『大切な思い出』になるくらい、ちゃんと面倒を見て……親が現れたら、『自制』して『謙虚』な気持ちで快く引き渡す。それをいつも、肝に銘じて……面倒を見たい。

……そうだった。そういう意味を込めて、自分たちはこの子に「楓」と名づけた。

そして、久瀬が言うように自分も楓の名を呼ぶたび、その名の意味を胸の内で確認していた。

楓がこんなに丸々と太って、誰にでも屈託なく笑って人懐こいのは、両親が楓を愛情深く育てていた証し。きっと今、両親は血眼になって楓を捜しているはず。早く返してあげなければ。

そう思って、知り合いの妖怪たちにも協力を仰ぎ、皆で捜し続けたが、ある日のこと。教育番組を見ていた楓がこう訊いてきた。「ふうのぱぱとままは、かんたんとくうたんだよね？」と。

とっさに言葉に窮したが、何とか事実を教えた。自分たちは楓の両親ではない。本当の両親は今、遠くにいると。

本当のパパとママはどうしてここにいないの？　逢いたい！　などと言って泣き出したらどうしようと心配でしかたなかったが、楓は……。

――ふーん？　でも、ふう。かんたんとくうたん。それからなったんたちがいるから、さびちくないよ？

　そう言って、笑ったのだ。

　その日以来、何となく……楓の両親を捜すことをやめてしまった。

　楓を見つけて四年経った今は、楓の名前の意味さえ考えなくなった。

　むしろ、好きなものや仕草など、自分や久瀬と同じところを見つけるたび……楓は自分と久瀬の間に生まれた我が子だと思うようになって、今は……このまま久瀬と楓、それからナツメたちと仲の良い家族として末永く暮らしていければいいと思うばかり。

　そのことを、特に悪いとは思わない。四年も一緒に暮らしていれば、そう思うようになるのが自然というものだ。

　しかし、久瀬はいまだに、楓の名を呼ぶたび、この子は預かっているだけ、親が見つかったら返さなければならないと、自分に言い聞かせているという。

　四年もの間一緒に暮らし、日々あんなにも可愛がって、なお。

　それほどまでに、久瀬は生真面目で責任感が強いのだと言ってしまえばそれまでだが……性分だけが理由だとはとても思えない。何か、他に理由があるのでは？

　それがもし、楓が見えず、声も聞こえない自分など、どんなに頑張ったって、養い親として相応しくないという卑下から来ているのだとしたら――。

（もしそうなら……馬鹿だよ、久瀬）

そんなこと、絶対にないのに。

「腹巻なら、やっぱり毛糸で編むのがいいか……」

いまだに考え込んでいる久瀬の横顔を見つめながら、莞介は胸の内で独りごちた。

＊＊＊

夕飯後。食器を洗い終えた久瀬は、テーブルに着いてタブレットを手に取った。

いつも利用している食材宅配サービスのページを開き、ずらりと並んだオーガニック食品の中から買い足す食材を探す。

莞介はここ最近、「天使（？）のふうちゃんすくすく日誌第十二巻」の書籍化に向けて、根を詰めているから、疲れ目や肩こりに効くものを中心に。

（人参に、南瓜《かぼちゃ》……あ。カシスもよかったはず……うん？）

ふと、「旬の果物コーナー」の欄に掲載されている果物の写真に目が止まる。

赤々と熟した艶やかな林檎《りんご》。身がはち切れんばかりに実った実がたわわについた大房のマスカットなど、旬ということもあってか、いつもより美味しそうに見える。

楓は果物が大好物だ。これも買っておこう。

どう食べさせよう？　そのまま食べさせてもいいだろうし、パイやタルトにするのも悪くない……と、思案げに眼鏡に指を当てつつ、あれこれ考えていると、どこからともなくリンリンと鈴の音が近づいてきた。

顔を上げると、宙に浮いたお絵かき帳とクレヨンがこちらに向かって飛んでくるのが見えた。

「楓か……っ」

膝に軽い衝撃。それから、何かが膝によじ登ってくる感覚。楓が久瀬の膝上によじ登ってきたのだ。

そのまま久瀬の膝上でお座りしたらしい楓は、テーブルにお絵かき帳を広げ、眼鏡の男の顔と「?」を描いた。

久瀬が今何をしているのか訊きたいようだ。

「今、お買い物しているんだ。楓。この林檎やマスカット食べたいか?」

画面を見せてやると、パタパタと翼が羽ばたく気配と、リンリンと興奮気味に鳴る鈴。それから、お絵かき帳に描かれていく林檎やマスカット、それからフォークとナイフをそれぞれ両手に持って、舌を出している楓の絵。

「そうか。なら、両方買おう。どう食べたい? そのままがいいか、お菓子にするか……ああ。お菓子にするならこんな感じで……あ」

首を傾げるような気配がしたので、タブレットでタルト、パイ、ケーキ、ゼリーなどの画像を次々と映し出してみせると、タブレットをひったくられた。

目まぐるしく画面を変えながら体を揺らす。

食いしん坊な楓らしい。いつも莞介が描いてくれるイラストの楓が涎を垂らして興奮しているさまを脳裏に思い描き、微笑ましく思っていると、タブレットがテーブルに置かれた。

またクレヨンが動き出し、お絵かき帳に嬉しいことや感謝の気持ちを伝えるためのマーク、ハートや星がたくさん描かれ、その真ん中に、満面の笑みを浮かべた楓と眼鏡の男がフライパンを持った絵が描かれていく。

好物の果物を買ってくれることへのお礼。そして、お菓子を作る時は、久瀬と一緒に作りたいという願望。

それらを読み取った途端、ひどく胸が詰まった。

自分が楓にしてやれることは、精々衣食住の世話だけだ。莞介たちのように遊んでやることも話を聞いてやることもできない。

楓にとっては、ずいぶんとつまらない存在だろう。それだというのに、楓は久瀬とコミュニケーションが取りたいからと、莞介から絵を習い、気持ちを伝えたい時はこうして一生懸命絵を描く。

その優しさや健気さだけでも嬉しいが……方法が莞介そっくりだから余計に愛おしさが増す。

絵だけではない。楓の中に莞介……そして自分と同じ嗜好《しこう》や仕草などを垣間《かいま》見るたび、たまらなくなる。まるで楓が、自分と莞介が睦《むつ》み合って生まれた愛の結晶のように思えて……。

このまま、楓が自分と莞介の子どもになってくれたら。

友人の振りを続けつつ、莞介へのやめられない恋心に独り喘いでいたあの頃。莞介と両想いになることさえ夢のまた夢と思っていたのに……莞介にこの気持ちを受け入れてもらえてもなお、途方のないものを求めている。

思っていた以上に、自分は欲深い人間だったようだ。と、呆れるばかりだが――。

「今回も、よく描けてる。ありがとう。それと……料理がしたいなら、明日楓の大きさに合った包丁や泡だて器を買ってこよう。俺のじゃ、楓には大き過ぎる」

可愛い楓。何でもしてやるから、どうかどうか幸せに。そう願いながら、探り当てた楓の頭を撫でた……その時だ。

「……っ」

久瀬ははっとした。突如、撫でていた頭が上へと持ち上がったのだ。

それと同時に、膝から楓の重みがふわりと消えて……すぐ、ぽてんっという音とともに、戻ってきた。今のは……。

目を瞬かせていると、「ああ！」という叫び声がキッチンに響いた。

顔を上げると、いつの間にかキッチンに入ってきていたらしい莞介が、大きな目を限界まで見開いて突っ立っている。

「相楽？　どうした……」

「今の……ふうちゃん、今のって！」

「え……っ」

状況が呑み込めない久瀬をしり目に莞介が駆け寄ってきて、何かを抱え上げる動作をした。

瞬間、膝に感じていた重みが消える。

「ふうちゃんすごい！　どうやってやったの？」

「にゃんだにゃんだっ？　にゃにか事件かっ？」

「ばうばうっ」

楓を抱き上げて高い高いしているらしい莞介の許に、莞介の叫び声を聞きつけたナツメとあくびたちが飛んできた。莞介はすぐさま振り返って、抱えているらしい楓をナツメたちにかざして見せた。

「ナツメさん！　聞いてください。ふうちゃんが飛んだんです！」

久瀬は息を呑んだ。……楓が、飛んだ？

「にゃ、にゃんとっ？　本当かっ？」

「はい！　いつもみたいに、久瀬に頭を撫でてもらって、羽をパタパタさせていたらふわって」

莞介が口早に説明すると、ナツメは莞介と同じように「すごい！」と歓声を上げ、あくびたちは宙返りした。それに応えるように、鈴がリンリン鳴る。楓は常々、大好きな戦隊もののヒーロー「ガオハヤブサ」のように空を飛びたいと言っていたから、嬉しくてしかたないらしい。

　それは、とてもいいことだが――。

「うむうむ！　よかったにゃあ……そうだ！　その雄姿をぜひとも見たい！　ふうちゃん、我々にもガオハヤブサのように飛ぶ姿をぜひ見せてくれにゃいか？」

「うんうん。ふうちゃん、俺ももう一回見たい。見せてくれる？」

　弾んだ声を上げながら、莞介は床に下ろす動作をした。それから、皆である一点を固唾《かたず》を呑んで見守っていたが、しばらくしてぽてんっという音がしたかと思うと、全員が「ふうちゃん！」と声を上げて駆け寄った。どうやら、楓が尻餅をついたらしい。

「大丈夫？　痛くない？　……え？　謝ることないよ。初めてなんだから、上手くできないのは当たり前だ。これから練習すれば大丈夫」

「うむうむ！　そうである。これから練習すればよいのである」

（……そうだ。空を飛ぶ練習）

　一体、どうやって教える？

　翼のない久瀬や莞介、ナツメたちには無理だし……勿論、どの育児書にだってそんなことは書いていない。

　前に、化け烏《ばがらす》のおばばが「空の飛び方はわしが教えたる！」と息巻いていたと、莞介から聞いたことはあるが……鳥と、翼が生えた人間の飛び方は一緒なのか？　何だか違うような？

　久瀬があれこれ考えていると、あくびがぴんっと耳を立てた。

「ばうばう！」

「にゃに？　ガオハヤブサのように、空を飛べるようににゃるにゃら、格好いい必殺技や魔法も使えるようににゃるのでは？　……確かに！　その可能性は大いにあるのである」

　ナツメたちがそんなことを言い出した。

　すると、鈴がますます軽やかに鳴り響き、ぴょんぴょん飛び跳ねる音がして……どうやら、楓が真に受けてはしゃいでいるらしい。

「そうですね！　ガオハヤブサはいっぱい格好いい必殺技や魔法が使えるし！　ふうちゃん、もし使えるなら、どんなのが使いたい？」

　莞介も調子を合わせてそう訊いた。すると……それまでニコニコ笑っていた莞介が、突然大きく目を見開いた。

　しばらくそのまま固まっていたが、不意にくしゃりと顔を歪めて、俯いてしまった。よく見ると、眦にみるみる涙が溢れてくるので、久瀬はぎょっとした。

「相楽？　一体どうした……」

「く、久瀬。ふうちゃんが、ふうが見えて、声が聞こえるようになる魔法を一番に覚えて、くうたんといっぱい遊びたい』って……！」

　その言葉に、久瀬も莞介と同じように目を見開き、固まった。

テレビ番組や絵本で、たくさんのすごい魔法を知っているだろうに、最初に知りたい魔法がそれだなんて！

この子はどうしてこんなに可愛くていい子なのだろう？　訳が分からない！

感動のあまり固まっていると、涙ぐんでいた莞介がびくりと肩を震わせて、着ている服の裾あたりを見た。楓に服の裾を引っ張られたらしい。

「え？　いや……ごめん。ちょっと、ごみが目に入っただけ。はは。でも……ふうちゃんが見えるようになったら、久瀬はきっとびっくりするよ？　ふうちゃんは俺が描く絵よりずっとずっと可愛いから！」

涙を拭いつつ莞介がそう言うと、鈴がリンッと小さく鳴った。

その音に、久瀬は「おや？」と思った。この音、さっきまでの軽やかで弾むような鳴り方と違うような？

と、久瀬が首を傾げている間も、同じく目を潤ませていたナツメたちが莞介の言葉にうんうん頷く。

「うむうむ。莞介の絵も確かに可愛いが、やはり実物にはかにゃわん！　ふうちゃんはびっくりするほど可愛いぞ」

「ばうばう！」

「……そうですか。それは、楽しみです」

先ほどの鈴の音が気になりながらも、皆の言葉に頷いてみせる。

瞬間、また鈴がリンッと音を立てた。さっきよりも大きく、鋭い音だ。

今度は莞介も気がついたようで、音がしたほうに目を向けた。

「ふうちゃん？　どうかした……え？　やっぱりいい？　なんで……あ」

また鈴の音が鳴り出し、どんどん遠ざかっていく。

どうしたのかと尋ねると、莞介は困惑気味に首を捻る。

「さあ？　いきなり悲しそうな顔になって、走っていっちゃった」

「……俺が、何かまずいことでも」

「いや。お前のせいじゃないと思う。でも……ごめん。ちょっと行ってくる」

待っててくれ。そう言い置いて、莞介はキッチンを出ていった。

とっさに後を追おうとしたが、あくびに服の裾を咥えられた。

「まあ待て。ここは莞介に任せようではにゃいか。『待っていろ』と言ったわけだしにゃ」

確かに、待っていろと言われたのだから、莞介を信じて待つべきだ。しかし、やっぱり久瀬と遊べなくていいと言われると、非常に気になる。と、莞介が出ていった先を見つめていると、

「そういえば、ふうちゃんは、にゃにに飛ぶほど喜んでいたのだ？」

おもむろに、ナツメが……妙にそわそわした声でそんなことを訊いてきた。

「？　大したことじゃありません。注文する食材を選んでいただけで……ナツメさんたちもっ

いでに選びますか……」

「よいのかあっ？」

「ばうばう！」

タブレットで手早くペットフードの画面を開いてみせると、ナツメたちが目を爛々と輝かせ、勢いよく飛びついてきた。

（楓の食いしん坊は、ナツメさんたちに似たんだな）

すでに滴らせているナツメたちの涎を拭ってやりつつ、しみじみと思った。


「久瀬。今度はにゃにを作っているのだ？」

ペットフードの画像が表示されたタブレットにかじりついていたナツメがふと顔を上げ、そんなことを訊いてきたので、久瀬は編んでいた毛糸の編み物をかざして見せた。

「楓の腹巻です。どうしてもお腹を出すので、作ってやろうと思って」

「ははあ。久瀬はつくづく器用である。……うーん！　温かくて気持ちいいにゃあ」

「ばうぅ」

皆で作りかけの編み物に頬を寄せてすりすりする。そんな可愛い姿を見せられると、つい。

「よかったら、皆さんのも作りましょ……」

「よいのかあっ？」

「ばばうっ？」

久瀬が言い終わらないうちに、ナツメたちは叫んで「久瀬大好きぃ！」と飛びついてきた。

その無邪気さに頬を綻ばせたが、ナツメがふと、何かに気がついたように尻尾をピンッと立てた。

「おお！　そうだ。我らの腹巻を作ってくれる時は声をかけてくれ。いつもよりたくさん、お手伝いするからにゃ！」

「え？　そんな……そういう気は遣ってくれなくても」

「駄目である！　久瀬はいつもいっぱい頑張っていると、よくよく知っているからにゃ。腹巻はほしいが、久瀬は大事な家族である。無理をしたり、根を詰めたりは、してほしくはにゃいのである」

「ばうばう」

そう言って、皆で労わるように前肢でちょんと触れてくる。そんな三人に、久瀬はぎゅっと胸が詰まるのを感じた。

ここまで慕ってくれるだけでも嬉しいことだが、こんなにも自然に「お前は大事な家族だ」と言って労わってくれる。何とありがたいことだろう。

こんな優しさは今まで経験したことがないだけに……莞介とは別の意味で、かけがえのない家族だとしみじみ思いながら、それぞれの頭を撫でていると、莞介が戻ってきた。

その顔には依然として、困惑の色が浮いている。

「お疲れ様。楓は？」

用意しておいたレモネードを出しつつ尋ねると、莞介は思いきり口をへの字に曲げた。

「ありがとう。……ふうちゃんは寝てるよ。泣き疲れて」

「泣いたのか。それで……」

「理由？　それが……『ふう、こんなに可愛くない』」

「……は？」

意味が分からず声を漏らすと、莞介は困ったように頭を掻いた。

「どうもな。ふうちゃんは、俺が描いてるふうちゃんほど、自分は可愛くないと思ってるらしくって」

「にゃんと？　そうにゃのか？」

久瀬の膝上で声を上げるナツメに、莞介がこくりと頷く。

「……はい。それなのに、俺やナツメさんたちが『実物は絵より全然可愛い』ってハードル上げて、久瀬が『楽しみだ』って言っちゃったでしょう？　そんなものだから……実物見たら、久瀬は『何だ、絵より可愛くない！』ってがっかりして、嫌われちゃうって」

「はああ……」

あまりにも予想外過ぎる理由に、久瀬はナツメたちともども間の抜けた声を漏らしてしまった。莞介はますます頭を掻く。顔も、心なしか赤い。

「俺、言ったんですよ？　そんなことない。俺はふうちゃんを何千回、何万回って描いてきたけど、一度だってちゃんとその可愛さを表現できたことはないって。そしたら……かんたんはどれだけ自分が絵が上手いか分かってない。かんたんが描くふうは可愛過ぎるって、力説されちゃって」

とうとう「くうたんにきらいっていわれるの、やああ！」と、泣き出してしまったのだとか。

「それは……にゃんとも、可愛らしい理由である」

しばらくの沈黙の後、ナツメがぽつりとそう言った。

確かに、いじらしくて可愛い。しかし、やりきれなくもあった。

自分は、容姿なんかどうでもいいくらい、楓が可愛くてしかたないのに、楓を見ることができないばっかりに、こんな不安を楓に抱かせて――。

先ほど楓が言ったような……楓を見ることができ、声も聞こえるようになる魔法があったら、どれだけいいか。とはいえ。

「……久瀬？　どうかしたのか？」

「……いや。楓に、『忖度《そんたく》』という概念があるなんて……ついこの間、言葉を覚え始めたばかりなのに」

眼鏡のフレームに指をやりながら独りごちると、莞介は「ああ」と声を漏らした。

「言われてみればそうだな。さっき飛んだのだって……最近、翼がよく動くようになっていたから、いつかは飛べるようになるんだろうなって思っていたけど」

……そうだ。自分もそう思っていた。それなのに、こんなに早く。

自分の想像よりもずっと早く、楓は成長している。

楓がやれること、覚えなければならないことはどんどん増えていく。それを、自分たちは今までのように教えていけるのか。

飛ぶこともそうだが……もし、あくびが言うように、楓が何らかの魔法や術が使える妖怪だったら？

楓が何の妖怪であるかさえ分かっていないのだから、何の魔法が使えるのかさえ分からない。そして……もしその魔法が、雷を落とすといったような、超強力なものだったら？

使えないだけならまだいい。だが、使い方を知らないばっかりに、力が暴走し、楓自身や周囲を傷つけることになったら？　知らなかった。分からなかったでは、到底済まされない。

（……このままでいいのか）

自分が、楓のためにこれからしなければならないことは――。

「子どもの成長は早いというが、本当だにゃあ」

「本当にねえ。いつの間に」

のんびりとそんなことを言い合う莞介たちのそばで、久瀬はそんなことを考えた。

＋＋＋

翌朝。いつもの時間になっても、楓は起きてこなかった。

莞介は起こしに行こうとしたが、それを久瀬が制止した。

「寝かしておいてやれ。きっと疲れているんだろう」

「それは、そうかもしれないけど……いや、こういうことは甘やかしちゃ駄目だ。せっかく、久瀬が今日も美味しい朝ごはんを作ってくれているのに」

少々きつめな口調で言い返すと、久瀬は少し困ったように目を逸らした。それから、所在なげに眼鏡に手をやりつつ、改まったように「相楽」と名を呼んできた。

「すまない。自信がないんだ。楓がまだ昨夜のことを気にしていた時、短時間で俺の気持ちを伝える自信が」

「？　久瀬の気持ち……」

「俺は、楓がどんな姿だろうと、絶対……楓を可愛いと思う」

真摯な声で、きっぱりと言い切る。莞介が目を見開くと、久瀬は困ったように目を細め、俯いた。

「言葉で言うのは簡単だし、証明もできないから、説得力は欠片もないが……っ」

「そんなことない！」

久瀬の手を掴んで、莞介は語勢を強めた。

「説得力しかないよ。久瀬が今までどれだけ、ふうちゃんを大事にしてきたか、ふうちゃんはちゃんと分かってる。だから……帰ったら、言ってあげてくれ。ふうちゃん、すごく喜ぶよ」

久瀬の手を握りしめて言ってやると、久瀬はわずかに瞳を揺らした。それからすぐ目を逸らして、ぼそりと「ありがとう」と呟く。そんな久瀬に、莞介は内心安堵した。

実は心配していたのだ。昨夜から、久瀬に元気がないような気がしていたから。

久瀬はずっと、楓が見えず、声が聞こえないことを罪悪に思っていて、養い親としてふさわしくないと思い込んでいる節がある。だから。

——俺も、そう願っている。楓という名前を呼ぶたび、いつも。

楓を育て始めて四年経った今でさえ、そんなことを考える。

楓に昨夜のようなことを言われようものなら「楓にそんな不安を抱かせるなんて、俺の頑張りが足りないせいだ！」と、自分を責めるのではないかと冷や冷やしていた。

それが今回、自分は容姿など関係なく、楓を可愛く想っていることを伝えれば、解決できると考えられるようになった。とてもいいことだと思う。

このまま、ちょっとずつ、自信がついていけばいい。そう願わずにはいられない。勿論。

「……ふうちゃん？　何してるの？」

朝からずっとそわそわしている楓だってそう。

『！　え……あ、あ』

子ども部屋の隅に縮こまって、何やらもじもじお尻を揺すっていた楓が、とっさに持っていたものを隠そうとした。莞介が使っている大きなスケッチブックだったから、小さな楓が体を大の字にして寝そべって隠しても隠しきれなかったが。

「俺のスケッチ見てたの？　……ふうちゃん。そんなに、自分は可愛くないって思う？」

『だって、だって……！』

抱き上げて尋ねると、楓はくしゃりと顔を歪め、大きな目をうるうるさせた。

『くうたん、いったもん。かんたんが、ふうはこのおえかきよりもっとかわいいよっていったら、たのちみって！』

「あ、ああ……それは」

『そ、それにね……ふう、おもいだちたの』

しゅんと項垂れたまま、ぽつりと呟く。何を？　と、尋ねれば、「あにめのくうたん」という言葉が返ってきたものだから、莞介は「ああ」と声を漏らした。

実は先日、莞介の著作「天使（？）のふうちゃんすくすく日誌」がアニメ化した。

――俺が描いたふうちゃんや久瀬が動くんだよ！

そう言ったら、楓は「すごい！」と興奮して、放送日をとても楽しみにしていた。しかし、いざアニメを見始めると、思いきり首を捻った。どうも、楓が思い描いていたものと違っていたらしいのだ。特に、久瀬のキャラは全然違っていたようで、「こんなのくうたんじゃない！」と、散々文句を言いまくった挙げ句、一回で見るのをやめてしまった。

『ふうね、あのときすごくがっかりちて、おこったの。くうたん、もっともっとかっこいいのにって。それで……くうたんが、ふうみたいに……ふうをみて……がっかりちた。こんなのふうじゃないって、思ったら、どうちようって……うう』

とうとう泣き出してしまった。自分がアニメのキャラに対して抱いた感情を、久瀬に向けられたらと想像して、たまらなくなったのだろう。

そんな楓を、莞介はぎゅっと抱き締めた。

昨夜、久瀬たちと「子どもの成長は早い」と話したばかりだが、こんなふうに、久瀬に姿を見てもらえないことへの不安も感じるようになるなんて……。

成長は、喜ばしいことばかりではない。そんなことを、改めて思い知る。

「ふうちゃん、いっぱい色んなこと考えたんだね。偉いぞ。……確かにね。ふうちゃんの言うとおり、人は自分が考えていたのと違っていたら、がっかりしたり、嫌いになったりする。でもね、久瀬は違う。久瀬は、ふうちゃんがどんな姿でも、嫌いになったりしない」

『ううう……うそ！　くうたん、ふうのこと、みたことないのに』

「見えてるよ」

頑なにいやいやする楓にそっと囁いてやると、楓は弾かれたように顔を上げた。

『みえ、てる……？　うそつき！　くうたん、ふうのこと、みてくれたことなんてない……かんたん？』

「ちょっと待っててね」

楓を床に下ろすと、莞介は自室からあるものを持ってきた。莞介が小学生時代に使っていたお絵かき帳だ。

「見てごらん」

『？　……わあ。ようかいがいっぱいかいてある！　だれがかいたの？』

「俺だよ」

ページをめくりながら訊いてくる楓に教えてやると、楓は驚いたように目を見開いた。

『ええ？　かんたん？　うそ！　いつもかいてるのとちがう』

「うん。俺が子どもの頃に描いた絵だからね。でも、久瀬はこの絵も今の絵も同じだって言う。込められている気持ちが同じだからって」

「きもち？」と、首を傾げる楓の胸に、莞介はそっと手を当てた。

「久瀬はね、姿かたちの見せかけじゃなくて、気持ち……中身を見ているんだよ。だから、ふうちゃんの姿は見えなくても、ふうちゃんの心は見えてる。その心を、久瀬は大好きで、大事だと思っているんだよ」

……そうだ。久瀬にとって大切なのは中身。外面など、ほとんど意味を成さない。

そういう男だからこそ、自分のような男を受け入れてくれた。

血の繋がった肉親からさえも理解されず、心の病人。もう喋るなと切って捨てられた自分の言葉を、「相楽がいるって言うならいるんだ」と言い切り、話し下手な自分に辛抱強く付き合って……愛してまでくれた。

これ以上の幸せはないと思うが、家族が久瀬のように接してくれたらと、何度思ったことか。

楓は、久瀬のような男が親で幸せだ。羨ましい。心の底から、そう思う。

しかし、楓は思いきり首を捻った。

『……うーん？　ふう、よくわかんない』

「はは。そうだね。ごめん。俺はお喋りが下手だから……久瀬が帰ってきたら、皆で話そう。そうすれば……」

きっと分かる。そう、言おうとした時だ。

『おお！　久瀬ではにゃいか』

『ホントだ！　久瀬だ』

話していたら、リビングのほうからナツメたちの声が聞こえてきた。久瀬が帰ってきた？

（もう？　ちょっと早いな）

時計を見やる。そんな莞介の腕から抜け出し、楓はいつものようにお絵かき帳とクレヨンを持ってリビングへと駆け出した。

『くうたん、くうたん！　おかえりなさ……え？』

楓の声が妙なところで途切れる。どうしたのだろう？　妙な違和を覚え、リビングに向かった莞介は、目を見開いた。

そこには、確かに、久瀬と同じ顔をした男が立っていた。

しかし、肩まで伸びた癖っ毛頭に、山伏《やまぶし》のような衣装。背中から見える、大きな黒い翼。

それから、楓の姿を完全に捉えているかのような目の動き。この男は……！

『くうたん！　おはね、ふうとおそろい……っ！』

はしゃぎながら近づいた楓は、肩をびくりとさせた。突然、久瀬らしき男が楓の右足を掴んで、靴下を脱がせてきたのだ。

『このほくろ……やっぱり！』

楓の足の裏を確認し、男が声を上げた。そして次の瞬間、思いきり楓を抱き締めた。

『奏《かなで》！　よかった……生きていてくれて、本当によかった！』

『……くうたん？　どうちてないてるの？　どこか、いたいいたいなの？』

楓を抱き締め、涙を流す男に、楓は目をぱちぱちさせる。

けれど、莞介をはじめ、ナツメたち妖怪はこの男が誰なのか悟った。それとともに、困惑が

広がっていく。

あんなに探しても見つからなかったのに、なぜ今……なぜ、今更。

何も言うことができずに立ち尽くす。すると突然、ガシャンッと鋭く大きな音が響いた。

とっさに顔を向けると、街を一望できる大きな窓のガラスが割れていた。

その割れ目から、黒い翼を羽ばたかせ、山伏姿の男たちがわらわらと入ってきたかと思うと、持っていた金剛杖《こんごうじょう》をこちらに構えてきたものだから驚愕した。

「にゃ、にゃんだ、貴様ら！　これは一体にゃんの真似……」

『黙れ！　愚劣な人間に飼い馴らされた畜生どもめっ。少しでも変な動きをしたら殺すぞ！』

男の一人が目を血走らせて叫ぶ。あまりに恐ろしい形相と気迫に妖怪たちが縮み上がると、男は楓を抱いたまま泣いている男の許へ駆け寄った。

『疾風《はやて》！　一人で敵地に乗り込んでいく奴があるかっ。何かあったら……！　その子、まさか奏ちゃんかっ？』

男の問いに、楓を抱いていた男……疾風が顔を上げ、頷いた。

『ああ。間違いない。この子は奏だ』

疾風のその言葉に、翼の生えた男たちが「おお」と声を上げる。

『よし！　なら、こんなところに長居は無用だ。さっさと行こう』

「！　ま……待ってて っ！」

疾風が楓を抱え上げ、窓ガラスの割れ目へと向かおうとするので、莞介は叫んだ。

「ふうちゃんを……その子を、連れていかないで。あ……す、少し話を……」

『何っ？　この人間、なぜ我らが見えるのだ』

『人間に、我ら烏天狗《からすてんぐ》は見えぬはず……これも、あの人間の仕業かっ？』

あの人間？　一体、誰のことを言って――。

「……相楽？」

驚く男たち……烏天狗たちの声の合間、聞こえてきた掠れた声。

すぐさま顔を向けると、ビニール袋を提げた久瀬が、割れた窓ガラスを見つめたまま立ち尽くしている。

「あの窓、どうした？　何があった……ぐっ！」

「久瀬っ！」

『くうたんっ！』

莞介と楓はほぼ同時に悲鳴を上げた。烏天狗たちの一人が、久瀬を金剛杖で殴りつけたのだ。殴られた久瀬の体は蹴られたボールのように勢いよく飛んでいき、壁に当たって床に叩きつけられた。

ビニール袋も床に落ち、中身が散乱する。小さな包丁や泡だて器といった調理器具だ。

それらが大きな音を立てて目の前に落ちても、床に俯せになって倒れた久瀬は動かない。

まるで、もう生きていないように……ぴくりとも、動かない。

そんな久瀬の許に、烏天狗たちは飛び寄って、

『この匂い。疾風の言うとおり、あいつらと……我ら草間《くさま》一族の地を侵す仇《かたき》どもと同じ匂いだ！』

『しかも、この顔！　まことに疾風と瓜二つ』

『奏を籠絡《ろうらく》するため、術で顔を変えたか。疾風から我が子を奪っただけでは飽き足らず……なんと浅ましい！』

『殺せ！　このような輩は生かしておけん！』

口々にそう言って、金剛杖を振り上げる。瞬間、莞介は恐怖も忘れて駆け出した。

「やめてくれ！　久瀬にひどいことするなっ」

『なんだ、人間！　邪魔をするな……わっ！　なんだ、貴様らまでっ』

「だ、黙れ！　こ、これ以上の横暴は許さにゃいのである！」

「ば、ばうばう！」

莞介に続いて、ナツメとあくびたちも声を震わせながらも烏天狗たちに飛びかかる。

他の妖怪たちも、さらにそれに続く。皆、戦うどころか喧嘩だってしたことがない非力なものばかりだったが、それでも……この四年間、ずっと仲良くしてきた久瀬が、目の前で殺されかけているのに、黙っていることなどできない。

『ええい、離せっ。これ以上邪魔をするなら、貴様らもただでは……』

『やめてくれ！』

突如、疾風が鋭い声で叫んだ。

『皆、気持ちは分かるし、ありがたいが、今はやめてくれ。幼い奏にはきつ過ぎる』

疾風が言うとおり、楓は疾風の腕の中で「くうたん……みんなをいじめないで」と泣きじゃくっていた。その姿を見て、振り上げられていた烏天狗たちの手が、ゆるゆると下ろされる。

疾風は「ありがとう」と頭を下げると、莞介に顔を向けてきた。その眼光は刺すように凍ついている。

『人間。今回は奏に免じて見逃してやる。だが、次はない。また、我らに害をなしたなら、その時は……美也《みや》の分まで、貴様らを八つ裂きにしてくれる』

そう言い捨てると、疾風は翼を羽ばたかせ、宙に浮いた。烏天狗たちもそれに続き、ガラスの割れ目へと向かうので、それまで泣いていた楓がぎょっとした。

『え、え……？　あ……まって。やだやだ！　かんたん、たすけて！　かんたん！』

楓が泣きながら手を伸ばしてくる。莞介は慌てて追いかけたが、ガラスの割れ目から外に逃げられてはどうしようもない。

「ふうちゃん！　ふうちゃん……ああ」

闇夜に消えていく楓をなすすべなく見送ることしかできなくて、莞介がその場に崩れ落ちていると、ナツメが「あくび！」と叫んで、あくびに飛び乗った。

「連中を追うのである！　絶対見うしにゃうでにゃいぞ！」

「！　ナ、ナツメさん……」

「莞介。お前は久瀬を頼むのである。吾輩は連中の居所が掴めたらすぐ知らせるのである！」

はいよーあくび！　そう掛け声を上げると、あくびは床を蹴り、ガラスの割れ目から外に飛び出した。そんなナツメたちが心配でしかたなかったが、久瀬のことも心配だったから、莞介は踵《きびす》を返し、久瀬の許へ向かった。

久瀬の周りには、妖怪たちが集まっていて、治癒の術ができるものは懸命に術を施している。

「皆さん、ありがとうございます！　く、久瀬は？」

『う、うん！　死んじゃうとか、そういうことはないよ。でも、傷がひど過ぎて、全部治すのは時間がかかる……』

「……う、ん」

それまでぴくりとも動かなかった久瀬が呻き声を漏らし、うっすらと目を開く。莞介はすぐさま久瀬に飛びついた。

「久瀬……久瀬！　大丈夫か」

久瀬の頬を掌で包んで呼びかけると、久瀬が緩慢な動きでこちらに視線だけ向けてきた。

「さ、がら……何が、起こったんだ？」

た。


「え？　あ……そうか」

久瀬には、楓と同じように、彼らが見えないし、声も聞こえなかったようだ。

震える唇でこれまでの経緯をできるだけ詳しく説明すると、久瀬は沈痛な面持ちで目を閉じた。

「草間……烏天狗……一族の地を侵す仇……」

思案げに呟いた後、久瀬は目を開き、莞介のそばで耳をぺたんと下げ、目を潤ませているくしゃみへと目を向けた。

「くしゃみさん……相楽を連れて、あの割れ目から脱出できますか？　……そうですか。なら、今すぐ……相楽を連れていってください。後のことは、俺が何とかしますから」

久瀬のその言葉に、莞介は声を荒げた。

「！　久瀬っ、どうして」

「こんなに派手に、ガラスを割られたんだ。もうすぐ、セキュリティ会社のスタッフが、飛んでくる。当然、警察にも通報されて、事情聴取のために、拘束される。君だけでも、自由に動けるように……して、おかないと」

息も絶え絶えにそこまで言って、久瀬は苦しげに眉根を寄せながら莞介の手を掴んできた。

「ただ、君に無茶をしろと言っているわけじゃない。頼むから、危険な真似はしないでくれ」

「わ……分かった。久瀬も、怪我してるんだから無理はするなよ」

久瀬の手を握り返して念を押すと、莞介は久瀬に寄り添う妖怪たち、それからくしゃみへと振り返った。

「皆さん、久瀬のことよろしくお願いします。……くしゃみさん。お願いできますか」

そう声をかけると、くしゃみは一声鳴いて、息を大きく吸い込んだ。すると、息を吹き込まれた風船のように体が膨らみ、大きくなった。これなら、莞介を背に乗せることができる。

莞介がくしゃみの背に跨がると、くしゃみは床を蹴った。

くしゃみに跨がり、タワーマンションの三十五階から飛び降りるという、生きた心地がしない方法で久瀬の部屋を脱出した後、莞介はくしゃみに乗ったまま周辺の妖怪たちに聞き込みを開始した。

姿を消したくしゃみに乗っていれば、移動が速いし、莞介の姿も消えるため、人前でも妖怪に話しかけやすい。

二人で懸命に聞き回った。しかし、烏天狗たちが空を飛んで逃げたせいか、彼らを見たものはいなかった。深夜になるまで尋ね回っても、目撃者一人見つけられず。

楓は、どこへ行ってしまったのか。気持ちばかりが焦る。そして、それと同じくらい心配なのが久瀬のこと。

妖怪たちが一生懸命治癒の術を施していたが、重傷過ぎてすぐには治せないと言っていたし。

一度、久瀬に連絡してみよう。

すっかり冷えきった手に白い息を吐きかけて、スマートフォンに手を伸ばそうとした。

その時、しゅんと耳を下げていたくしゃみがピンッと耳を立て、顔を上げた。

「くしゃみさん？　どうかした……わっ」

くしゃみが突然走り出したので、慌ててしがみつく。よく分からないが何か見つけたらしい。

全速力でひた走る。走って走って、たどり着いたのは、広い森林公園。勿論、深夜だけあってそこには人っ子一人いない……。

「莞介ぇ！」

背後から声がかかる。振り返ると、ナツメを乗せてこちらに駆けてくるあくびが見えた。

「ナツメさん、あくびさん！　どうしてここに」

「あくびがくしゃみを念で呼んだのである。あくびとくしゃみは魂が繋がった双子だから……て！　そんにゃことより、連中だがこの公園に来たのである」

「！　本当ですかっ」

「うむ。あくびがふうちゃんの匂いをたどってにゃ。しかし、ここで完全に匂いが途絶えてしまったのである」

ここで？　それが何を意味しているのか分からず戸惑っていると、ナツメたちは莞介をある場所に連れていった。

そこは広場から離れた茂みだったのだが、よく見ると、地面に何か書いてある。スマートフォンのライトで照らしてみると……これは、魔法陣？

「おそらくだがにゃ。これは移動の魔法陣である。この魔法陣を通って、遠くの地に移動したのではあるまいか」

「遠くの地……それは、どこ……」

「うーむ。そこまでは……しかし、この魔法陣に書かれている文字を解読すれば、あるいは……あ？」

ナツメがぴょんっと飛び跳ねる。突如、魔法陣が青く光り始めたのだ。

「こ、これは……わっ」

今度は莞介も、あくびたちも飛び跳ねる。淡かった光が、雷のように鋭くあたりに走ったかと思うと、ボンッと大きな音を立てた。

そして、光の中から現れたのは、久瀬と同じ顔をした烏天狗の――。

「あ！　貴様は先ほどの！　ふうちゃんをどこへやったっ」

ナツメが毛を逆立てながら叫ぶと、烏天狗の疾風は不快げに眉根を寄せた。

『あの子は我が息子、奏。ふうちゃんなどという名ではない。だが……』

ここで、疾風は俯いた。

『奏は、今眠っている。……暴れ疲れて』

「あ、暴れ……？」

莞介がぎょっとすると、疾風はますます顔を俯ける。

『あの子は、己の名は「ふう」で、己の親は「かんたん」と「くうたん」だと、言って聞かない。お前は騙されている。あの連中は極悪人だと言ったら』

――かんたんもくうたんも、わるいやつじゃないもん！　すごくやさちいもん！　ふう、だいすきだもん！

――ここいや！　おうちかえる！　くうたんに、いたいのいたいのとんでけちてあげるの！

――くうたんいじめるおまえらなんかだいきらい！　くうたんのにせものだいきらい！

『そう怒鳴られて、噛みつかれた』

と、右手をかざして見せる。その手には、血の滲む包帯が巻かれていた。よく見れば、疾風の顔や首は、引っ掻き傷や痣《あざ》だらけ。まるで、獰猛な獣と格闘したかのようだ。

衝撃的だった。あの、優しくておっとりした楓が、こんなことをするなんて。

目の前で大好きな久瀬が殺されかけたことが、相当ショックだったに違いない。その上、その連中に一人連れ攫われ、血走った眼で莞介や久瀬は悪い奴だ何だと寄ってたかって言われて……どれだけ怖く、辛かったことだろう。

今すぐに駆けつけて、抱き締めてやりたい。そんな思いで胸が詰まる莞介の横で、

「そ、そんにゃの……当たり前ではにゃいか！」

　ナツメが全身の毛を逆立てた。

「ふうちゃんは、物心つく前から今日まで、莞介と久瀬が、愛情いっぱいに育てたのである。ふうちゃんのふっくらしたほっぺや、背中の翼のことまで考えて作られた服、しっかりとした物言いなど、見ればすぐに分かろう！」

『……』

「分からにゃいと？　そうだにゃ。だから、莞介たちに……これまで我が子を守り、こんにゃに立派に育ててくれてありがとうと礼を言うどころか、こんにゃ非道ができて、ふうちゃんに噛みつかれるのである。貴様にゃど、ふうちゃんの親でもにゃんでもにゃいわ……っ」

「ナツメさんっ」

　口にしているうちに気持ちが昂ってしまったのか、疾風に飛びかかろうとするナツメを、莞介は慌てて抱き竦めた。華奢《きゃしゃ》で小さなナツメが、先ほどの久瀬のように殴られたらひとたまりもない。

「はにゃすのである。こんにゃ恩知らずにゃ恥知らず、一発にゃぐらにゃいと気が済まん…」

『皆は……』

　楓に噛まれた手を見つめたまま、疾風が呟く。

『そんな奏を見て、こう言った。「奏はあの人間に良からぬ術をかけられているに違いない。

あの人間は、本来見えぬはずの我らが見え、己の顔を変えられるほどの術が使えるのだからと』

「……なっ」

『「この忌まわしい術を解くためにも、あの人間は殺すべきだ」それが、我が一族の総意だ』

「き、貴様ら、どこまで……わっ」

「ふざけるなっ！」

抱き竦めていたナツメを放り出し、莞介は疾風に掴みかかった。

「術だの何だの、訳の分からないことばっかり！　普通の人間の久瀬に、術なんか使えるわけないだろうっ。そもそも……久瀬は、ふうちゃんの姿が見えないし、声も聞こえないのに！」

『え……』

莞介の言葉に、疾風は大きく目を見開いた。

『見えないし、聞こえない……？　馬鹿な。そんな状態で、どうやって奏を攫って……』

「攫ってなんかいない！　ふうちゃんは俺が拾ったんだ。それを、えっと……ああ！」

ただでさえ話し下手なのに、感情が昂り過ぎて、言葉が上手く出てこない。

なので、莞介は持っていたスマートフォンで、ネットに上がっている「天使（？）のふうちゃんすくすく日誌第一話」のページを出して、疾風に突き出した。

「これを読んでくれ！　ほとんどこれのとおりだから！」

『?　何だ、これは』

スマートフォンを使ったことがないらしく、疾風は思い切り首を捻った。

簡単な使い方を教えてやり、再度スマートフォンを押しつけると、疾風は何か言いたげな表情を浮かべつつもスマートフォンを受け取り、ぎこちない所作で画面をスクロールしつつ、漫画を読み始めた。

最初は気乗りしないふうだったが、読み進めていくうち、どんどん表情が強張っていき、久瀬が拾った赤ん坊に、どういう想いを込めて「楓」と名づけたのかを読んだところで、思わずといったようにこちらに顔を向けてきたので、莞介は深く頷いて見せた。

「分かったか?　久瀬は、こういう奴なんだ」

『……』

「それなのに……いや、そんなことも知らなかったくせに、どうして……!」

ついつい感情が昂って責めるような口調になってしまう。相手はものすごい怪力の持ち主で、怒らせたら何をされるか分からないというのに。

莞介の追及を、疾風は黙って聞いていた。だがふと、目を逸らすようにして俯くと、

『俺は……』

重々しく口を開いた。

『俺は、陸奥国《むつのくに》の烏天狗だ』

「陸奥っ？」

予想だにしていなかった言葉に声を上げる。

陸奥といえば、現在の東北地方。どうして、そんな遠くに住んでいる妖怪が、ここ東京に？

訳が分からず戸惑う……が、疾風はそんな莞介を無視して淡々と話を進める。

『最初は、一族のものたちと山で暮らしていたが、守り神としてかの地を守護してほしいという人間からの申し出があってな。その役目に俺が任命され、社《やしろ》に祀《まつ》られることになった。以来数百年、命を懸けてかの地を守護してきた』

「す、数百年……」

『……。……人間たちは、そんな俺を崇め、年に何度か祭りを開いてくれるくらい大事にしてくれた。それなのに……いつの頃からだろう。祭りはなくなり、参拝者も減っていった』

人間からの信仰心が力の源である守り神にとって、それは重大な死活問題。

守り神としての責務は果たせず、産後の肥立《ひだ》ちが悪い妻を癒やす術さえままならなくなった。

妻、美也の体調も考え、何度もかの地を捨て、山に帰ることを考えた。

しかし、彼女は「私は大丈夫だから、あなたはお勤めを頑張って」と笑って首を振るばかりだった。

『信仰心がほとんど失われてしまったとはいえ、変わらず参拝に来てくれる人間たちを見捨てたくないという、俺の心を見抜いていたんだ。……本当に、俺には過ぎた妻だった』

「……だった？」

過去形であることに違和を覚え、つい訊き返すと、疾風がこちらを向いた。完璧なまでの無表情だ。

『あの頃、俺は週に一度、山にある本家に行くようにしていた。具合の悪い妻のために、薬や滋養のある食い物をもらいにな。……あの日も、そうだった。いつものように、妻と奏に見送られて山に行った。そして……俺が留守をしている間に、社を破壊されてしまった』

「ばう……っ」

それまで黙って聞いていたあくびとくしゃみが硬い声を漏らした。

当然だ。あくびたちが暮らしていた神社も、人間たちの手によってある日突然理不尽に破壊されてしまったのだから。

『祀られていた社を破壊された神は、本来消滅するしかないが、その場にいた一族の烏天狗たちに生気を分け与えられて、俺は何とか命を取り留めた』

ふらつく体で急ぎ、社に戻った。そして、目に飛び込んできたのは、無残に取り壊された社と、がれきに圧し潰された妻の亡骸《なきがら》。

『俺はかの地を数百年間、身を粉にして守ってきた。それでこの仕打ちかっ』

取り壊すにしてもせめて、御神体を移動させる儀式など手続きをきちんとしてくれていたら、事前に避難することができて、妻は死なずに済んだ。それを……！

憎悪に打ち震えながら吐露《とろ》する疾風の姿に、あくびたちはぽろぽろと涙を零した。自分たちと疾風の心情を重ね、心を痛めているのだろう。

莞介も、ひどく胸が詰まった。

数百年、懸命に守ってきた人間たちから必要とされなくなったことさえ十分辛いだろうに、何の断りもなく社を壊された挙げ句、最愛の妻を殺されるなんて。

どれほど悔しくて、悲しかったことか。自分には想像もできない……。

『何もかも許せなかった。恩を仇で返してきたかの地の人間も、社を壊した……クゼカンパニーという連中もっ』

ぞくりと、全身総毛立った。

疾風たちの社を壊したのが、クゼカンパニー？　では、疾風たちがあそこまで久瀬を目の仇にするのは――。

『……全員、八つ裂きにしてやりたかった。だが、その前にやらなければならないことがあった。奏だ。俺は、いなくなった奏を捜し出さなきゃならない。何としてでも！』

「そ、それで……ふうちゃんはにゃんで、東北の神社から東京の空き地に……あ」

ナツメははっとしたように尻尾を立て、「移動の術か！」と叫んで、地面に描かれた魔方陣に目を向けた。それに、疾風が苦々しく頷く。

『妻の亡骸の近くに、魔方陣らしきものが地面に描かれていた。だが、がれきでほとんど潰れていて、どこへ移動させたのか分からなかった。妻は知人の許へ奏を送りたかったんだろうが、気が急くあまり、上手く描けなかったんだろう……』

結果、楓は都内の空き地に移動してしまい、莞介がそれを拾った。

そんなことを知る由もない疾風は、地元で血眼になって我が子を捜し回った。見つかるわけがないのに。

『四年経っても、手がかり一つ見つけられなかった。皆、もう奏は死んだんだ。諦めろと言ったが、聞けるわけがない。俺にはもう、奏しかいないんだっ』

楓に噛みつかれた右手を見つめながら告げられたその言葉は、ずしりと莞介の心に重くのしかかった。

数百年間守ってきた人間たちに裏切られ、愛する妻を喪《うしな》った疾風が、生きているのかさえも分からない我が子を、生きる縁《よすが》にせずにはいられなかった気持ち。そして……その気持ちを抱いて懸命に捜し求めた我が子に激しく拒絶されてしまった無念さを思うと。

だが、そうはいっても……人間への憎しみに駆られるあまり、楓の心をないがしろにして、傷つけるのはどうなのか。

泣き叫びながら無理矢理連れていかれる楓を思い返すと、そう思わずにはいられなくて――。

と、複雑な感情を持て余す莞介に気づきもしないで、

『そんな時だ。また……クゼカンパニーの連中が来た。今度は、我が一族の山を潰すという』

疾風が続けて口にしたその言葉に、息が止まった。

『大勢で、我が物顔で神域となっている我が領内に入ってきて、「ここの木は邪魔だから全部切ってしまおう」「辛気くさい神社も地蔵もさっさと壊してしまおう」などと好き勝手ほざく』

疾風は腸が煮えくり返った。連中は妻を奪っただけでは飽き足らず、今度は故郷も近しいものたちも、全て根こそぎ奪い取ろうとしている。

『殺してやる。そう思って、連中に近づいた。その時……連中の一人から、懐かしい匂いがした。奏の匂いだ』

「……っ！」

『慌ててその男の顔を見た。そしたら、俺そっくりじゃないか』

ここでようやく、莞介は思い出した。久瀬が数日前に、東北へ三日間の出張に行っていたことを。

確か、開発予定地を視察して回ると言っていた。その中の一つが、疾風たちの故郷だったのだ。そして。

『なぜ、憎き仇の中に、奏の匂いがする男がいるのか。なぜ、その男は俺と同じ顔をしているのか。分からないままに後をつけた。そして、奏を見つけた……その意味』

「久瀬が奥さんからふうちゃんを奪い取って、あんたに成りすまして手懐けようとした。……そう、思ったのか」

『神を神とも思わない連中だ。神を使役して、思いどおりにしようと思っても不思議はない』

ぴしゃりと言い切られて、莞介は言葉に窮した。

疾風たちがそう思っても無理はない。何の手順も踏まず神を祀る社を壊し、結果家族を殺されたのも、ずかずかと住み処である山に侵入してきて、悪口を散々言われた挙げ句、潰されそうになっているのも許しがたいことだ。でも！

「どうして久瀬をあんなに邪険にしたのか、よく分かった。けど……」

『あの男は、他の連中とは違う？　……それは、俺自身が判断する。あの男、本当に殺すべきか否か』

「！　殺すって……どうしてまだそんなことを言うんだっ。説明しただろう。久瀬は……」

『あの男が、我が一族の山を潰そうとしていることさえ知らなかった貴様の言い分など当てにならん』

確かに、久瀬の仕事内容なんて、莞介はほとんど知らない。疾風たちに関わっていたことさえ知らなかった。

お前では話にならないと言われてもしかたがない。だが、久瀬に会わせたくない。こんな、久瀬に殺意を抱いているような男なんて……と、思った時、莞介のスマートフォンが鳴った。

久瀬からのメールだ。病院での治療と警察からの事情聴取を終えたこと。部屋は現場検証のため立ち入り禁止になってしまったのでホテルを取り、そちらに向かっていること。ホテルの住所、部屋番号などが送られてきていて……。

『あの男はそこか』

思いがけず近くから声がしたので、弾かれたように顔を上げると、疾風の顔がびっくりするくらい近くにあった。ホテルの住所を……見られた！

慌てて久瀬に電話しようとしたが、すかさずスマートフォンを奪い取られてしまった。

『選ばせてやる。このまま俺とあの男の許へ行き、俺とあの男が会話できるよう補助するか、俺を拒絶して、翌日あの男の躯《むくろ》と対面するか』

「……っ！」

『選べ』

にやりと口角をつり上げられて、ぞわっと全身の血液がうねった。

この男、久瀬がどんな男か確かめに来たというが、実は久瀬を殺すために戻ってきたのではないか？　莞介に事情を話したのは久瀬の許に案内させるためで、久瀬に会わせた途端、襲いかかるつもりなのでは？

刃物のようにギラギラと光る疾風の眼光を見ていると、不安を覚えずにはいられない。とはいえ。

「……分かった。なら、一緒に行こう」

久瀬の居場所を知られている以上、自分に残された道はこれしかない。

「……莞介」

それまで黙って聞いていたナツメが、名を呼んでくる。顔を向けると、不安げにこちらを見つめていたので、莞介は己を鼓舞するように二、三度頷いてみせると、足を踏み出した。


久瀬が泊まっているホテルは、一泊何十万としそうな高級ホテルだった。

クゼカンパニーの社長が何者かに襲われたということで、事態を重く見た会社が、セキュリティがしっかりしたホテルを手配したらしい。

部屋の前までたどり着くと、まず久瀬に付き添ってくれていた妖怪たちが出迎えてくれた。

『莞介、おかえり。ふうちゃんは見つかった……あ!』

出迎えてくれた妖怪たちの顔が一気に青ざめる。莞介の背後に、疾風が立っていたのだから無理もない。

「ドア、開けてくれてありがとうございます。それで、久瀬は?」

『え、え? 久瀬は、傷もだいぶ癒えて、今は奥の寝室にいるよ。なんか、一人で調べものしたいんだって。それで、あの……』

「事情は吾輩が説明するのである。莞介、行け。にゃにかあったら、すぐ呼ぶのである」

疾風を睨みつつそう言ってくれるナツメに礼を言い、莞介は疾風を伴い、久瀬がいるという寝室へと向かった。

広いリビングを横切る途中、ずっと険しい表情のままの疾風に不安を覚えた莞介は、おずおず口を開いた。

「あの……久瀬と、どんな話をする気……」

『貴様に話す義理はない』

「……あ、そう」

にべもない答えに項垂れて……唇を噛んだ。

どうして、こんなことになってしまったのだろう。

自分はただ、独りぼっちで泣いていた楓を助けたい。久瀬は、そんな自分と楓を助けたい。

その想いだけで楓を引き取り、この四年間楓を全力で育て、愛した。

それだけだ。悪いことなんて、何もしていない。昨日まで、皆笑って、楽しく幸せに暮らしていた。

それなのに、どうして今、楓は泣いていて、久瀬は楓の父親に殺されかかっているのか。

(何が、いけなかったんだろう……いや！)

くよくよ考えている場合か。今は、どうしたら疾風が久瀬という男を分かってくれるか考えないと……。

「相楽？」

突然聞こえてきた低い声。はっと顔を上げると、奥の寝室からいつものびしっとしたスーツ姿で出てくる久瀬と目が合った。

「メールの返事がないから心配していたんだ。大丈夫か？」

「だ、大丈夫かって……っ」

それはこっちの台詞だと頭に巻かれていた包帯を見て言おうとしたが、言葉にならなかった。近づいてくるなり、久瀬が莞介の手を取って、自分の頬に当てたから。

「冷たいな」

「！　あ、あの……久瀬！　その……っ」

「体も、すごく冷たい」

今度は、包み込むように体を抱き締められた。

「こんな薄着で、今まで……風邪を引かなきゃいいが」

労るように背中を擦られる。

二人きりの時に、久瀬がいつもしてくれること。

普段なら照れくさくも嬉しいばかりだが、今は嫌な汗が全身から噴き出すばかり。

『……』

(見てる……ものすごい顔でこっち見てる！)

しかも、久瀬と同じ顔だから余計胸に来る。というか、この状況で「実は疾風もここにい

る」だなんて、かなり言い出しづらい……と、あまりの状況に固まっていると、

「間に合ってよかった。……相楽。俺は、今から青森に行ってくる」

「っ……あ、青森っ？」

思いがけない言葉に、思わず身を離して尋ねると、久瀬は近くのテーブルの上に置かれていた数枚の紙を手に取った。

「君を待っている間に、俺のほうで色々調べてみた。『草間』という名前に聞き覚えがあってな」

渡されたのは、一枚の写真。それを見て、目を瞠った。

写真には古ぼけた神社が写っていて、石碑には「草間神社」と書かれている。

「この前、東北に出張に行っただろう？　あの時、案内された視察地の一つで撮ったものだ。この神社も壊すのかと訊いたら、担当者……青森の支社長を任されている俺の義兄、正春は『ちゃんと遷座《せんざ》するから大丈夫だ』と言っていたから、その時は流してしまったが」

今度は、「草間天狗」と銘打たれた記事のコピーを差し出してきた。

「あの地域のことも調べてみた。烏天狗を守護神として祀っていたという伝承が、いくつも出てきた。『草間天狗様』と呼ばれていたこともあったそうだ。それに、絵巻物に描かれていたこの絵……彼らはここの天狗だと見て間違いないだろう」

示された絵は、人型に黒い翼。山伏の衣装に金剛杖。まさに彼らそのものだ。

「それで、もっと突っ込んで調べてみた。四年前の十一月十日。つまり、君が楓を拾った日に、あの地域でうちの会社が手掛けた案件を。そしたら……正春主導で、町はずれの小さな社を一つ壊していた。その社の名前も草間神社。俺が見た草間神社を分社したものだ」

「……っ」

「しかも、当時の記録を読む限り、正春は手間や費用をけちって、ちゃんとした手続きを踏まずに社を取り壊している。数百年、その土地を守ってきた神の住まいをだ。他にもいくつかの案件を調べてみたが、どうも日常的にこういうことを繰り返しているようだ。これじゃあ……たとえ、楓に関係ないことだとしても、彼らが、正春の血縁者である俺をあそこまで目の敵にしたのも頷ける」

報告書のコピーを見つめて眉を顰める久瀬に、莞介は口をあんぐりさせた。

莞介が教えたわずかな情報から、ここまで看破してしまうなんて。

（久瀬、本当に頭がいいなあ……）

現状も忘れて感心してしまった。しかし、すぐ……楓の生家を理不尽に取り壊したのは、久瀬の義兄だという事実に、怒りが湧いてきた。

両親に置き去りにされた幼い久瀬を、寄ってたかって……久瀬が表情を作れなくなるほど嬲り者にした義家族。その時に負った久瀬の心の疵は相当なもので、今も……多少表情は作れるようにはなったが、子どもの頃によく浮かべていた満面の笑みは失われたまま。

それだけでも許せないのに今回、その義兄が犯した所業によって、楓の母親は死に、何の罪もない久瀬が糾弾《きゅうだん》されて、楓の父親たちから殺されかかっている。

(どれだけ、久瀬を苦しめれば気が済むんだ……っ)

拳を握りしめていると、久瀬がソファに置かれていたコートに手を伸ばした。

「とにかく、今から青森に行って、工事を中断するよう働きかけてくる。着工は明日だ。どんな手を使ってでも……楓がこれから暮らす山を潰させるわけにはいかない」

「そ、そうか。ふうちゃんがこれから……え」

頷きかけた莞介は、目を見開いた。久瀬は今、何て……。

「相楽。楓は……このまま、父親に引き渡そう」

続けて告げられたその言葉に、頭の中が一気に真っ白になる。

「え？　あ……わ、悪い。今、何て言った……」

「楓を、このままあの父親に返そう」

訊き返す莞介に、久瀬は淡々と……しかし、きっぱりとした口調で繰り返した。

「あ、あ……このまま って、それ……もう、ふうちゃんに会わないってことか？」

「そうだ。少なくとも、俺は金輪際楓に会わない」

眉一つ動かさなかった。

「楓はこれから父親の許で暮らすんだ。そんな楓にとって、一族から恨まれている俺なんか、害悪以外の何物でもない。草間天狗たちをこれ以上刺激しないためにも、このまま綺麗さっぱり縁を切って忘れさせるのがあの子のため……」

「何言ってるんだ！」

事務的な口調で淡々と告げてくるその言葉と態度に、莞介は思わず久瀬の腕を掴んだ。

「本気で言っているのか、久瀬。本気で、そうすることがふうちゃんのためだと……」

「ああ」

莞介の言葉を遮ってまでして、久瀬は無感動な声で即答した。瞬間、全身の血液が、ぞわりとうねった。

「そう、か。だったら……だったら、ふうちゃんが可哀想だ！」

平生なら、そばで疾風が聞いているのだからと、こんなことは言わない。だが、今はそんなことさえ頭から飛んでいた。それだけ、莞介は激怒していた。

「あの子が、どれだけ一生懸命お絵描きの練習して、いつもお絵かき帳とクレヨンを持ち歩いてると思ってる？　お前と、たくさんお喋りしたいからじゃないか！　それくらい、ふうちゃんはお前が好きだって……そんなことも分からないのかっ。だから、このままふうちゃんを切り捨てようだなんて、そんな残酷なことが言えるのかっ？」

掴んだ腕を乱暴に揺さぶりながら怒鳴り散らす。

それでも、久瀬の表情は動かない。血の通わないロボットのように無機質なまま。

それが、余計に腹立たしくて、やるせなくて、

「見えないからか」

気がつくと、その言葉が口から零れ出ていた。

「ふうちゃんが見えないし、声も聞こえないから、自分なんかふうちゃんに相応しくない。何の価値もない。だから、こんな自分と会えなくなったって、ふうちゃんは何とも思わない。どうせすぐに忘れる。そう思ったから、こんな……っ」

「……相楽」

「何だったんだ……ふうちゃんとお前と俺と、ナツメさんたちと……皆で過ごしたこの四年間は、お前にとって何だったんだ？　……久瀬っ」

「……」

「お前は……お前は冷たい！」

何も言わない久瀬に、莞介はついに叫んだ。

「ふうちゃんが……俺が、どんなに頑張っても、お前は……俺たちがどれだけお前が好きで大事か、分かってくれない。大好きなお前が……たとえお前自身からだろうと、ないがしろにされて、苛められるのが、どれだけ辛いのか分かってくれないっ」

このままお前を殺したいほど嫌ってる連中の中にふうちゃんを放り込むなんて、ふうちゃんも俺も……誰も幸せになんかなれない！

激痛に泣き叫ぶような声で訴える。だが、久瀬の表情は一ミリも動かない。言葉さえ、発しようとしない。そんな久瀬に、莞介は唇を噛み締める。

「お前は冷たい。残酷だ」

ふうちゃんが、可哀想だ。

もう一度、同じ言葉を力なく繰り返して、掴んでいた腕を打ち捨てる。

それでも、久瀬は何も言わない。顔色一つ変えず、こちらを真っ直ぐ見つめてくるだけ。

その目は、決して引く気はないという久瀬の意思を、鮮明に伝えてくる。これこそが、楓にとって一番いい道だと、信じて疑わない意思とともに。

そんな……楓の都合を慮《おもんぱか》るあまり、楓の心も己自身も一切顧みない久瀬に、莞介は思わず目を逸らした。

いつもは好ましい要素であるはずの、公明正大さ、底抜けの優しさが、こんなにもやるせなく、憎いと思うだなんて——。

「……相楽」

不意に、憤る莞介の耳に届いた、抑揚のない呼び声。

ゆるゆると視線を向ける。そこには依然感情が抜け落ちた久瀬の白い顔があったのだが。

「確かに、俺は君たちが見えている世界が見えないし、聞こえない。だが、それと同時に……君や楓には見えなくて、俺だけが見える世界もあるんだよ」

「？　俺たちが、見えない……」

「実は、ずっと君に嘘をついていたことがある。俺には、父親がいない」

「……え」

突然の言葉に間の抜けた声が漏れる。父親が、いない？

「何、言ってる。父親がいないなんて、そんなこと……」

「正確には、戸籍上にいない。父が、認知しなかったんだ。俺が従妹……しかも、妻の妹と不倫してできた子どもだったから」

「……っ！」

久瀬が、不倫の末にできた子ども？　しかも、妻の妹って……。

あまりのことに声も出ない莞介に、久瀬は嗤った。

「最低だろう？　不倫だけでもありえないのに、妻の妹と……姉の夫と、なんて。虫唾《むしず》が走る」

「く、久瀬……」

「だが、母はもっと馬鹿で……俺を産んだんだよ。子どもさえ作れば姉から夫を奪い取れると考えて……そんな爛《ただ》れた関係の末にできた子どもが、世間からどんな扱いを受けるか、考えもしないでっ」

当然、母の思いどおりにはならなかった。

日本有数の資産家である久瀬家の御曹司が、妻の妹と不倫して子どもまで作っただなんて、公にできるわけがない。母の行為は、ただいたずらに周囲を混乱させ、傷つけただけだった。母は生まれたばかりの久瀬ともども、一族から追放された。

「どこへ行っても白い目で見られて、『姉の夫を寝取ってできた薄汚い子』『見るのもおぞましい』と詰《なじ》られる。どんなに謝ったって、いい子にしたって駄目だ。居場所なんかどこにもない」

その言葉に、莞介は昔、久瀬が近所に引っ越してきた頃のことを思い返した。

得体が知れない。気味が悪い。近づかないほうがいい。

皆口々にそう言っていた。それはただ、よそ者を嫌う田舎特有の意識だと思っていた。それから、

——おれで、いいの……？

初めて声をかけた時の久瀬の様子。

ひどく驚いていた。その時は、突然声をかけたからびっくりさせちゃったかな？　と、思うばかりだったが、本当は……。

「何をしても延々責められ続ける。それでも、母も父も懲《こ》りないんだよ。表向きは別れたことにしておいて、陰では頻繁に会っていたんだ。そうして……父がこっそり会いに来たら、雨が降っていようが雪が降っていようが必ず、俺に金を握らせて家から追い出しては、犯《や》り続ける

んだ。毎回『もうこんなことしちゃいけないのに』だの『自分たちは悪い親だ』だの言いながら……俺が見ていることに気づいていてもやめもしないで、発情期の猿みたいに延々と」

――金だけかけてたって、可愛がったことにはならない。

――楓の前では、あまり接触しないようにしよう。子どもは大人のそういう姿を見たら傷つくからな。

久瀬が常々言っていた言葉。確かにそのとおりだと思って、深く追及したことはなかった。

それから、毎日一緒に遊んでいた子どもの頃も、

――相楽。も、もう少し……一緒にいても、いいかな？

久瀬は時々、去り際にそう言って莞介の服の裾をきゅっと掴んでくることがあった。

その時は、母親は仕事が忙しくて家にいないと聞いていたから、寂しいんだろうなと思って、

「うん。じゃあもうちょっと一緒にいよう」と、ぽんぽん手の甲を叩いてやるばかりだった。

それなのに、こんな……っ。

「でも……それでもまだ、物足りなかったようで、ある日。『誰にも邪魔されない遠くへ、二人で行きたい』と話し合った翌日に、本当に二人で遠くへ行ってしまったよ。車に乗って、崖からダイブして」

「……っ！」

「本当はどこへ行きたかったのか。まあ」

もう、どうでもいいが。そう吐き捨てた声も表情も、どこまでも乾いて、冷ややかだった。

その、凍てついた温度のまま、

「そんな連中の子どもである俺が、母の姉に引き取られたらどうなると思う？　……想像もできないだろうな、相楽には」

そう言ったきりで、久瀬は具体的なことは何一つ言わなかった。

けれど、綺麗な顔に浮かべられた……いつもの、穏やかで優しい久瀬からは想像もできない、歪で酷薄な笑みだけでも、嫌というほど当時の地獄が伝わってきて……莞介は愕然とした。

（……ああ。どうして俺は、こんなに馬鹿なんだ）

いつだって、自分の世界を見せることに躍起になって、久瀬が置かれた状況に気づけない…。

「……すまない」

立ち尽くすばかりの莞介に、久瀬は哀しげに両の目を細めた。

「君にはこんなこと、生涯……言いたくなかった。こんな世界、見せたくなかった」

「久瀬……」

「でも……どうしても、分かってほしいんだ。今の楓にとって、どれだけ俺が邪魔な存在か」

そこまで言って、久瀬はいったん口を閉じた。それから、一つ大きく息を吸って、真っ直ぐ、射貫くような強い眼光でこちらを見据えてきた。

「ああいう親を持った俺だから、分かるんだよ。許されない罪を犯した人間の肉親は、何もしていなくても同類とみなされて、責められ続ける。決して……死ぬまで、自分自身を見てはもらえない。これが、揺らがない事実だ」

「……っ」

「烏天狗たちは、仲間をひどい目に遭わせた男の血縁者である俺を許したりしない。俺が何もしていなかったとしても、弁明しても、絶対に。だから……楓は俺との縁を切らなきゃ駄目なんだ。どうしてもできないなら、俺を恨ませてでも」

「！　そ、んな……そんなのおかしいっ」

思わず、叫んでしまっていた。

確かに、あの烏天狗たちの剣幕《けんまく》から考えて、久瀬の言うとおり、烏天狗たちは久瀬が何をしようと受け入れないままかもしれなくて……そんな連中に楓を返すなら、久瀬との縁は断ち切ったほうがいいという理屈も、楓に自分と同じ苦しみを味わわせたくないという気持ちも分かる。けれど。

「どうしてだ。どうして久瀬がそんな目に遭わなきゃならないっ。久瀬は、何も悪いことしてないのに……ただ、ふうちゃんを一生懸命可愛がって、育てただけだっ。それなのに、どうして、そんな……」

「相楽……」

「大体……どうしてそんなことしてまで、ふうちゃんをあいつらに返さなきゃならないっ？

人間への憎しみで頭がいっぱいで、ふうちゃんの気持ちをないがしろにして泣かせるような……ふうちゃんが大好きなお前を頭から否定して、悪く言うような……あんな……母さんたちみたいな奴らなんかにっ」

そうだ。そんな連中と暮らしたって、幸せになんてなれっこない。少なくとも……自分は、そうだった。おばけが見える！　と、口にすれば、

——お前なんかと同類に見られて馬鹿にされるなんて冗談じゃない！　もう何も喋るな！

そう怒鳴って殴ってくるか、

——かんちゃんは、おばけは優しいって言うけどね。本当はおばけってとっても怖くて、悪い奴らなの。だから、話しかけるのも近づくのも駄目。誰かに話すのも絶対に駄目。

と、引きつった……とても怖い笑顔で無理矢理薬を呑ませてくる。言うことを聞いて黙っていれば、「何も喋らないから、いるのかいないかさえ分からない。空気より存在感のない奴」と嗤ってくるような連中と一緒にいたって、悲しく辛くなるだけだった。だから。

「幸せになんてなれるわけがない！　それなのに、何で……俺たち今、こんなに幸せなのに！」

気がつけば、そう叫んでいた。途端、久瀬の顔色が変わる。

「血が繋がってなくても、種族が違っても、見えなくて聞こえなくても、皆で一生懸命努力して、助け合って、こんなにも仲がいい家族はない……そうだ。もう、俺たちかけがえのない大事な家族で、幸せだ。そうだろう？　久瀬」

「……」

「俺たちと一緒にいれば、ふうちゃんはこれからだってずっと幸せだ！　それなのに……それなのにっ」

「相楽っ」

熱に浮かされたようにまくし立てる莞介の両肩を、久瀬が強く掴んだ。

「無理だ」

「……え？」

「もう……俺たちじゃ、あの子を育てられない」

ゆっくりとした口調で告げられたその言葉に、莞介はまた頭に血を上らせた。

「っ……また、ふうちゃんが見えなくて聞こえないこと引け目に感じて、そんな……っ」

「もうそういうレベルの問題じゃないんだっ」

久瀬の手を振り払おうとする莞介を引き寄せて、久瀬は声を荒げた。

「さっきも言ったように、烏天狗は守り神として崇められるほど、強い力を持っている。さっき、俺を殴り飛ばしたり、タワーマンションのガラスを割ったりしたのを見ただろう？　腕力だけでも、人間の十数倍はある。あの力が子どもの楓に備わったらどうなる？　力の使い方をきちんと教えて、制御してやれるのか？」

「あ……そ、それは……」

「それだけじゃない。空の飛び方だってそうだし……術はどうする？　草間天狗は軽く百を超える術を自在に操ると本に書いてあった。中には、雷を落とすほど強力な術もあって……それを、一体誰が教えるんだ」

反論できなかった。そんなこと、人間の自分や久瀬は勿論のこと、ナツメたちだって無理だ。でも、でも……！

「きちんと教えてやらないと、力が暴発して大変なことになる。もしかしたら、ナツメさんやあくびさんたち、君や俺が傷ついたり命を落としたりすることだってあるかもしれない。そうなったら、君はどうするつもりだっ」

「！　そ、んな……あ、あ」

その場に崩れ落ちる。楓が久瀬を誤って殺してしまう未来を想像してしまったから。もしも、そんなことになってしまったら、楓は……自分は……っ。

「相楽」

久瀬がしゃがみ込み、青ざめた莞介の顔を覗き込んできた。

「俺はあの子の姿が見えないし、声も聞こえない。それでも、あの子が大事だ。可愛くて、しかたない。だから……俺のような、一族につまはじきにされる辛さも、実の親を憎む苦しみも味わわせたくない。ただただ、幸せにしてやりたい。どんなことを、してでも」

「く、久瀬……っ」

ゆるゆると顔を上げた莞介は瞠目《どうもく》した。久瀬が床に手を突いて、頭を下げていたから。

「俺のせいで、こんなことになってしまってすまないと思っている。だが……頼むっ。楓を、あの父親に返してくれっ」

「久、瀬……」

「家族に大好きなものを否定されて、受け入れてもらえない。それはとても辛いことだ。でも……君は今、自分の足でしっかり立って、自分の思うがまま自由に生きている。子どもを、そこまで育てたのなら、立派な親だと俺は思うっ。少なくとも、どんなに理解してやろうが、そこまで育ててやれない親よりずっと」

がつんと、頭を殴られたような衝撃が走る。

自分たちよりも、あの両親のほうが立派な親だって？

そんなこと、到底認められない。けれど……久瀬の言うとおり、今の自分はどうだ？　不幸せか？　そのことを思ったら……！

頭を抱えてしまう莞介に、久瀬はさらにこう続ける。

「それに……あの父親はきっと、君が思っているような親じゃない。何せ……楓がすぐ俺に懐いてくれたのは、俺と同じ顔をしたあの男が楓を目いっぱい可愛がっていたからだ。そうでなかったら、満足に世話もできない、笑いかけてもやれない俺にあんなにもあっさり懐くわけがない」

「……っ」

「それだけじゃない。この四年間ずっと楓のことを捜し続けて……楓を攫ったと思っている俺のこと、殺したいほど憎いだろうに、楓の心を気遣って思いとどまった。そんなこと、普通ならできない」

……確かに、言われてみればそのとおりだ。

疾風が莞介の思うような男なら、疾風と同じ顔をしている久瀬に、楓は無条件で懐いたりしないし、さっきの時点で久瀬を殺している。

ただ……分かるわけがない。突然やってきたかと思えば暴力を振るわれ、問答無用で楓を強奪されたこんな状況下で、そんなこと……普通なら、疾風たちに憤るのが関の山。

それなのに、この男は曇りのない眼で状況を見極め、愛する楓を奪い、自分を殺そうとして来た者たちを弁明するために、頭まで下げる。

ただただ、楓の幸せを想って……ああ。

「あの父親ならきっと、楓を大事にしてくれる。だから……っ」

『……もう、いい』

それまで黙っていた疾風が、震える手で久瀬の肩を掴んだ。

『もう、十分だ。だから、もう……』

「……相楽？　今、何か肩に……っ」

「ごめん！」

不思議そうに顔を上げる久瀬に、莞介は泣きながら飛びついた。

「ごめん……ごめん、久瀬。俺が、間違ってた。お前にひどいことするあいつらに腹が立って、可愛いふうちゃんを取られたくなくて……自分のことばっかり。ううう」

久瀬にしがみついて泣きじゃくる。疾風も、久瀬の肩を掴んだまま、目に涙を滲ませる。

恥も外聞も捨て、自分が悪者になることも厭わず、ただただ楓の幸せを願う久瀬に対して、己の気持ちばかりに凝り固まっていた自分たちが、あまりにも恥ずかしかったのだ。そんな中。

「分かってくれたのは、嬉しいが……もしかして、他に誰かいるのか？」

久瀬は今更そのことに気がついて、頬を赤らめた。

三人での話し合いを終えた後、莞介たちは別室で待っていたナツメたちの許へ向かった。

「……そうか。二人とも、そう決心したのか」

楓を疾風に返す旨《むね》を話すと、ナツメはそう言ってしゅんと項垂れた。あくびたちも項垂れて、ぽろぽろと涙を流し、他の妖怪たちも「寂しくなるね」と瞳を潤ませる。

皆、楓が大好きでそれぞれ可愛がっていたから無理もない。

だがふと、ナツメが弾かれたように顔を上げたかと思うと、疾風を睨みつけた。

「やい、烏天狗！　貴様は我々からふうちゃんを掻っ攫っていくのである。ふうちゃんをにゃかせたり、不幸せにしたりしたら許さにゃい……」

『そんなこと、貴様に言われなくても承知している』

「にゃあぁ！　久瀬とおにゃじ顔のくせに、恐ろしくいけ好かない男である！」

「……ば、ばうばう」

　全身の毛を逆立てるナツメの横で、くしゃみが控えめな声で啼いた。

「にゃに？　莞介、これからどうするの？　だと」

「あ……はい。移動の術で、青森に連れていってもらおうと思います。それで、俺はふうちゃんを説得するためにふうちゃんのところへ、久瀬は山の開発計画を中止させるために青森の本社へ行く。それで……ナツメさん、あくびさんたちにも協力してほしいんです」

「にゃ？　協力とにゃ」と、首を傾げるナツメたちに、今度は久瀬が説明する。

「社長とはいえ、管轄外の開発計画を差し止める権限はありません。なので、青森支社の社長が公にされたくないネタを探して、それを元にお願いしようと思います」

「つまり……脅迫のネタを探すために、忍び込む手助けをしてほしいと？」

「分かりやすく言えばそういうことです」

　あっさりと頷いてみせる久瀬に、ナツメたちは目を丸くしたが、すぐ愉快そうに笑い出した。

「あはは！　久瀬にしてはにゃかにゃか豪儀にゃことを考える。面白そうである。やろう！」

殊更陽気に笑う。楓との別れに塞ぎ込みそうになる自分を鼓舞するように。

そんなナツメの強がりに、皆気づかない振りをして、再び例の魔法陣が描かれた公園へと向かった。

『じゃあ、おれたちはここで。皆、気をつけてね』

『莞介、ふうちゃんによろしくね！』

妖怪たちに見送られ、莞介たちは疾風が唱えた呪文で再び光り始めた魔法陣の中に飛び込んだ。

瞬間、目の前が眩いばかりの光で包まれ、全身を浮遊感が襲ってきた。

体がバランスを失い、つんのめりそうになったが、久瀬がとっさに抱き寄せてくれた。おかげで、また視界が開けて地面が現れても転ぶことなく着地することができた。

着地したのは、木々が鬱蒼と生い茂る山の中だった。

ここが、草間天狗たちの本拠がある山？　と、あたりを見回していた莞介は、びくりと肩を震わせた。突然、久瀬が莞介の手を握ってきたのだ。

「じゃあ行ってくる。楓を……どうか頼む」

「……うん！　久瀬も、気をつけて」

痛いほど強く握りしめてくる久瀬の手を同じくらい強く握り返す。

久瀬は、すぐには動かなかった。楓に何か言伝しようか迷ったのだろう。だが、結局何も言わないまま手を離して、ナツメとくしゃみとともに行ってしまった。

一度も振り返らず行ってしまう久瀬の颯爽とした背中に、胸を掻き毟られながらも、莞介も踵を返し、あくびとともに疾風の後に続いた。


疾風が莞介たちを案内したのは、灯りの点《とも》った藁葺《わらぶ》き屋根の小さな庵《いおり》だった。

戸口には二人の烏天狗が見張りに立っていたが、疾風に連れられた莞介たちを見た途端、ぎょっと目を剥いた。

『疾風！　せっかく見つかった子どもを置いてどこへ行ったのかと思ったら、人間を連れてくるなんて、何を考えているっ？』

『すまない。……奏は？』

『まだ寝ている。時々、魘《うな》されて寝言を言っているが……おいっ？』

『説明はすぐにする。少しだけ待ってくれ』

口早にそう断って、疾風は莞介とあくびを庵の中に招き入れた。

部屋には、囲炉裏《いろり》の火が赤々と点っている。その囲炉裏のそばで、丸まって眠る楓……。

「ふうちゃん！」と、小さく声を上げ、あくびとともに転がらんばかりの勢いで近づく。

覗き込んだ寝顔は……眦は赤く腫《は》れ、ぷっくりほっぺは涙で汚れて、痛々しいことこの上な

い。ほっぺを撫でてやると、甘えるように莞介の掌にほっぺを擦りつけてきて、

『……かん、たん』

掠れた声でそう呟くものだからたまらなくなって、莞介は楓に添い寝して抱き締めた。あくびも楓を挟むように横たわって寄り添う。

「大丈夫だよ、ふうちゃん。……大丈夫」

怖い夢を見て愚図った時、いつもしてやっているように声をかけながら小さな癖っ毛頭を撫でてやる。

楓が莞介の腕の中に潜り込んでくる。そのままましがみつくと、表情は安らぎ、寝息も穏やかになった。そんな楓にほっとしていると、こちらをじっと見つめてくる疾風と目が合った。

「このまま……起きるまで、寝かせてあげたい。無理矢理起こして、話すのも……」

「分かった。俺は、皆に事情を話してこよう」

言い淀む莞介に端的に答えると、疾風は部屋を出ていった。

疾風の後ろ姿が戸の先に消えた刹那《せつな》、莞介はぎゅっと楓の体を抱き締めた。

楓の柔らかくて少し体温の高い温もりを懸命に噛み締めていたが、ふと……こちらを悲しそうに見つめるあくびと目が合ったものだから。

「このまま、烏天狗たちが追って来られない遠くへ、連れ去ってしまえたら……いいのにね」

ぽつりと呟いた。あくびは、しゅんと耳を下げ、こくこく頷いた。

「でも、そんなことはできないし……もしできたとしても、俺たちはこの子を立派に育ててあげることもできない」

また呟くと、涙を零しながら頷かれる。そんなあくびに、莞介も泣きそうになる。さっき、久瀬の腕の中で、馬鹿みたいに泣いたくせに。

何もかもが、やるせない。身が引き裂かれるほどに辛くて、苦しい。

では、出会わなければよかった？　……いや。それだけは、絶対にない。

「最初から、こうなるって……全部知っていたとしても、俺はきっとこの子を育てる」

「……ばう」

「何度も……何度でも、一緒に暮らして、たくさん可愛がってやりたい」

それくらい可愛い。幸せに、なってほしい。

少し語勢を強めて言うと、あくびも少し大きな声で「僕もだよ」と言わんばかりに啼いて
――。

そんなふうに、莞介はゆっくりと、楓との別れを受け入れていった。

だから翌日。目を覚ました楓に、落ち着いて接することができた。

「おはよう。ふうちゃん」

そう言って笑いかけてやると、楓はとろんとした大きな目をぱちぱちさせた後、ぱあっと顔を輝かせて、『かんたんだあ！』と、勢いよく抱きついてきた。

『かんたん、かんたん！　ふうね、とってもこわいゆめみたの！　わるいやつらがね、くうたんをいじめて、ふうをつれてっちゃうの！　それでね……』

「……ふうちゃん」

せっついてくる楓の名前を、莞介はゆっくりと呼んだ。声は、思いのほか掠れていた。

「ふうちゃんはね、今日から……パパと一緒に暮らすんだよ」

そう言った途端、楓は慌てて莞介から身を離した。

『ぱ…ぱぱ……？』

「そう。前に言ったよね？　俺と久瀬はふうちゃんのパパとママじゃない。本当のパパとママがいるって。そのパパが、ふうちゃんを迎えに来たんだ。ふうちゃんと一緒に暮らすために。子どもはパパとママと暮らすって、ふうちゃん知ってるよね……」

『いや！』

莞介の言葉を掻き消すように声を上げ、楓は首をぶんぶん振った。

『あんなやつ……くうたんをいじめるわるいやつなんかだいきらい！』

「それは……パパたちは、久瀬が悪い奴だって勘違いしていたんだ。それで、ふうちゃんを守ろうとして……パパはね、それだけふうちゃんが大事なんだよ。ふうちゃんがパパとはぐれた四年前からずっと、今日まで捜し続けてきたんだから」

『そ、それでも……いや』

また、楓がいやいやと首を振る。

『ふう、かんたんとくうたんといっしょがいい……！』

俯きつつも、莞介の服の裾を摘まんで引っ張ってくる。そのいじらしい姿に、「俺もだよ」と言って抱き締めたかったが、ぐっと堪える。

「ふうちゃん、それは……もう、駄目なんだよ。俺たちは、ふうちゃんを……ちゃんと、育ててあげられないんだ。だって……ふうちゃんは、えっと……ガオハヤブサぐらい強くなるから！」

分かりやすく説明するためにと、楓が大好きな戦隊ヒーローの名前を出すと、楓は『ガ……ガオハヤブサくらいっ？』と驚愕の声を上げた。どうやら、この説明なら分かってくれそうだ。

「そ、そう！　というか、ガオハヤブサよりも強くなるよ！　あんなに大きな久瀬を簡単に吹っ飛ばすくらい力が強くなって、地球の反対側にも一瞬で行けちゃうし、お天気を操って雷落としちゃったり！」

『す……すごい！』

ガオハヤブサがこの世で一番強いと思っていた楓は、感嘆の声を上げた。

目もきらきら輝かせていたが、莞介たちにはそんな楓を育てることはできないことを伝えた途端、今にも泣き出しそうなほど、くしゃりと顔を歪めた。

『そ、それは、でも……えっと……そうだ！　くうたん！　くうたんだったら、なんとかできるよ！　くうたん、せかいでいちばんあたまがいいんだもん。だから』

「お、俺たちには無理だって……そう、言ったのは、久瀬なんだ」

『……え』

「久瀬が、言ったんだ。俺たちには、どうやっても無理だ。ふうちゃん自身も、俺たちも皆傷ついて……悲しいことにしかならないって。俺も、そう思う。だから……」

『うそ！』

言いにくそうに言う莞介に、楓は声を上げた。

『くうたん、そんなこといわないもん！　いつも、ふうのおねがいかなえてくれたもん！　おっきいけーきつくってくれて、おはねがはいるおようふくつくってくれて……ぼーるあそびも、れんしゅーちてできるようになって……くうたん、どこ？　くうたんにきく！』

「！　久瀬は……久瀬とは、もう逢えないんだよ」

一生懸命声を振り絞って答えると、楓は目を大きく見開いた。

『え、え……どうして？　どうして、くうたんとあえないの？』

「それは……」

莞介は口を閉じた。

久瀬は、自分を憎ませてもいいから、自分との縁を断ち切ってやってほしいと言っていた。

それが、これから久瀬を憎む草間天狗たちとともに生きる楓のためだと。

その理屈は、痛いほど分かる。自分の好きな妖怪たちを全否定し、心の病気だと断じた人間たちに囲まれて育った自分にはなおさら。

だが、それでも……！　と、思った時だ。

『もちかちて、くうたん……ふうのこと、きらいになったの？　ふうが、かわいくないって、わかったから……っ』

目をうるうると潤ませながら、楓がそんなことを言い出すものだから、莞介は仰天した。

「何言ってるんだ、ふうちゃん！　そんなことあるはずないだろう。久瀬は……久瀬は……」

『た、大変だっ！』

突如、外から切迫した声が聞こえてきた。

『クゼカンパニーの連中がわらわらと、やたらと大きな車に乗って山に集まってきているらしいぞ！』

続けて聞こえてきたその言葉に、莞介は思わずあくびと顔を見合わせた。

『そんな！　おかしいじゃないか。疾風の話によると、疾風と同じ顔をしたあの人間がクゼカンパニーの連中を止めてくれると……』

『まさか、図られたか！』

昨夜、山を切り崩す工事は明日から始まると久瀬は言っていた。だから、急いで青森支社の社長を、脅迫という名の説得をして中止させると。それなのに、クゼカンパニーの作業員が重機に乗って集まってきているということは――。

(久瀬、失敗しちゃったのかっ？)

あの久瀬に限ってそんなことはないと思うが……もしも、失敗したのだとしたら、楓はどうなる？　または、脅迫のネタを探している最中に発見されて久瀬が逮捕！　なんてことになっていたら。

嫌な想像ばかりが脳裏を過って、全身の血の毛が引いていると、

『うん？　ちょっと待て。あれは……わっ！　何だ、貴様ら』

草間天狗の一人が声を上げる。今度は何が……と、思っていると、

「莞介っ！」

くしゃみに乗ったナツメが、戸を突き破って部屋の中に飛び込んできた。

「ナツメさん、くしゃみさん！　どうしてここに……というか久瀬はっ？」

「大丈夫！　久瀬もここに来ている」

『貴様ら、勝手な真似はするな。それに久瀬というのは……わっ』

『くうたん、いるのっ？』

ナツメたちを追ってきた草間天狗たちを押しのけ、楓がナツメに詰め寄る。すると、ナツメとくしゃみは尻尾をピンッと立てた。

「ふうちゃん！　無事だったか。しかも、元気そうでにゃにより……」

『なったん！　くうたんは？　くうたん、どこ？』

「え？　え？　久瀬？　おお！　そうだ、久瀬である。いやあ、大変だったのである。脅迫のネタはわんさか出てきたのだが、あの社長がまあ往生際が悪くてにゃ。ぐじぐじぐじぐじお粗末にゃ言い訳をにゃらべ立て、ようやくうにゃずいたと思ったら、今度は現場は携帯圏外だのにゃんだのほざき始めるので、しかたにゃくここまで……」

『くっくん！』

ナツメの長い話に痺れを切らしたのか、楓はナツメの隣にいたくしゃみに飛びついた。

『くっくん、くうたんのとこ、つれてって！』

「！　ふうちゃん、待って。久瀬に逢うのは……あ」

莞介が止める間もなく、くしゃみは床を蹴り、楓を背に乗せたまま部屋を出ていってしまった。それを見た草間天狗たちも、「奏がまた連れ攫われた！」と慌てて出ていく。

その光景を、莞介は呆然と見送る。

「くしゃみさん、どうして……」

「『久瀬は、ふうちゃんに逢うべきだと、僕は思う』」

「……っ」

「くしゃみは、そう言っていた。吾輩も……そう思う」

莞介は？　真っ直ぐ目を向けて、ナツメが訊いてくる。

「それは……とにかく、ふうちゃんたちを追いかけましょう。あくびさん、お願いします」

逃げるように目を逸らしてそう言うと、莞介はナツメとともにあくびに乗って、楓たちを追いかけた。

（久瀬をふうちゃんに逢わせたいか？　そんなの……っ）

逢わせたいに決まっている。だが、草間天狗たちの目があるこの状況で逢わせたらどうなる？

久瀬の性格から考えて、楓に冷たい態度を取って突き放すのでは？

そんなこと、久瀬にさせたくない。これ以上、二人に傷ついてほしくない。

（どうか、これ以上……悲しいことになりませんように！）

懸命に祈りながら、山道を駆けた。


程なく、人だかりが見えてきた。草間天狗たちだ。木々の茂みに潜み、何やら様子を窺っている。その中には、疾風の姿も見える。

近づくと、疾風がはっとしたようにこちらに振り返ってきた。

『お前たち、ここで何をしている』

「ふうちゃんが、久瀬がここに来てるって聞いて、飛び出していってしまって。それで

「……っ」

言いかけて口を閉じる。

草間天狗たちの視線の先に、たくさんの重機と大勢の作業着を着た人間たちと、その責任者らしき男と話す久瀬の姿が見えたから。

遠過ぎて何を話しているのか分からないが、責任者らしき男は露骨にしかめっ面を浮かべて首を振っている。

『さっきから、ずっとあの調子だ。あの男が何を言っても、納得できないと言って聞かん』

工事を始める直前で中止だなんて、上の決定とはいえ受け入れがたい。

その気持ちは分かる。だが……ここは大人しく引いてほしい。

『あいつら……結局どうするつもりだ』

『来るなら来ればいい。特大の雷を落としてやるだけだ』

(……久瀬。頑張ってくれ!)

目を血走らせ、物騒なことを言い合っている草間天狗たちを横目で見ながらそう思った時だ。

ふと、耳にある音が響いた。それは、愛らしい鈴の音と、

『くうたん!』

悲痛な子どもの叫び声。

慌ててそちらに顔を向け、息が止まった。

久瀬に向かって一生懸命走っていく楓の姿が見えたから。

どうしてあんなところにっ？　くしゃみと一緒ではなかったのか。と呆気に取られていると、

「何だ、この鈴の音……わっ！　何だ、あれっ？」

「スケッチブックが宙に浮いて……しかも、こっちに近づいてくる！」

人間たちが口々に言って騒ぎ出した。

確かによく見ると、楓の手には莞介がいつも持ち歩いているスケッチブックが握られていて
……一体いつの間に！

どこからともなく聞こえてくる鈴の音と、宙を飛ぶスケッチブックに、あたりは騒然となった。

久瀬も、近づいてくるスケッチブックに気がついた。

見る見る表情が強張っていく。さすがの久瀬も、この状況をどう収めるかとっさに思いつかないらしい。勿論、莞介だってどうしていいか分からない。

（どうしよう。一体、どうしたら……っ！）

思考が途切れる。突如、停まっていたブルドーザーの一つに、爆音を上げ、雷が落ちたのだ。

さっきまで晴れていたのに、どうして――。

『疾風！　お前、なぜいきなり落雷の術を……』

『皆、誰も乗っていない車に雷を落とせ』

早くしろっ。戸惑う天狗たちにそう叫んで、疾風が駆け出す。

皆、とっさに意図が分からず戸惑っているようだったが、

『ええい！　とにかく、疾風の言うとおりにしろっ』

一人がそう叫んで術を唱え始めるので、他の天狗たちもつられたように術を唱え始める。

疾風が楓に追いつき、楓を守るように覆いかぶさったところで、次から次へと雷が落ち、車が破壊されていく。そんなものだから、あたりは阿鼻叫喚の巷《ちまた》と化した。

「うわあああ！　祟りだああ」

「助けて、殺されるっ！」

皆、転がらんばかりの勢いで、我先にと逃げ出していく。

しかし一人だけ、皆とは正反対の方向に走り出す人間がいた。久瀬だ。血相を変えて、

「楓！」と叫びながら、疾風に抱えられた楓の許へ一目散に駆けていく。

『くうたん！　ふう、ここ！』

楓が叫んで、スケッチブックを持った手をぶんぶん振った。

そんな楓の許へ駆け寄った久瀬は、すぐさまその場に膝を突き、あたりを手探りし始めた。

「楓、楓っ。大丈夫か？　怪我は……？　あ……もしかして、違う人……っ」

『くうたん！』

疾風の体を触りまくって首を捻る久瀬に、楓が飛びつく。あまりに勢いが良過ぎて、久瀬は

尻餅を突いた。

『くうたん、くうたん！　あのね、かんたんが……くうたん！　けが？　いたいいたいの？』

久瀬の頭に巻いた包帯を見て、楓が慌てて尋ねる。だが。

「……」

久瀬は答えない。表情を強張らせたまま固まっている。

一瞬、楓だと気づいていないのかと思ったが、

『……くうたん？　あ……そっか！　えっと……おけが、だいじょーぶ？』

楓が持っていたスケッチブックを開いて、スケッチブックに挟んであった鉛筆で包帯を巻いた久瀬の絵を描き、鉛筆の先で包帯をつんつんと指し示してみせても答えない。

その態度と、疾風の腕に触れたまま動かない久瀬の手を見て、莞介は悟った。

久瀬は、抱きついてきているのが楓だと気づいている。そして、楓の他にも草間天狗がいることも分かっている。

だから、迷っている。ここで、楓は自分の仲間ではないことを草間天狗たちに示すため、楓を突き放すべきではないかと。

その証拠に、楓のほうを見ている顔がどんどん怖くなっていく。ついには、疾風に触れていた手が離れ、何かを叩くために振り上げられていくものだから、

「駄目だ……久瀬っ！」

それは駄目だ！　そう叫んで、莞介は地面を蹴ったが、近くまで来たところで足を止めた。

見えたのだ。

『……くうたん？　あの……どうちて、なにもいわないの？　どうちて……もう、ふうを、そだてられないっていうの？　ふうと……あわないっていうの？』

そう言いながら、ぷいっとそっぽを向く久瀬と、悲しそうな顔をした楓を描く。それを見た、久瀬の顔……。

『もしかして……ふうが、めんどうくさくなった？　ふうが……かんたんのえみたいに、かわいくないって、わかった……から？』

一生懸命絵を描く楓にそっぽを向いて溜息を吐く久瀬と、楓からそっぽを向いて、莞介の描く絵ばかりを見る久瀬を描いたところで、ぽたりと絵の上に滴が落ちた。

楓の目から零れ落ちた涙だ。

『うう……ご、ごめん、なさい。めんどうくさくって……かわいく、なくて……ごめんなさい。でも……でも！　きらいに、ならないで。ふう、いいこに……なるから！　えのれんしゅーいっぱいちて、めんどうくさくないように、する、から……あ、あれ？　……ああ』

楓が戸惑いの声を漏らす。涙で濡れてしまった紙に、絵が描けない。無理して描こうとすれば、紙が破れてしまう。

楓の目から、ますます涙が溢れ出る。

『あ、あ……ううう。ご、ごめん…なさい。うまく、できなくて……ごめ、んなさ……っ』

破れた紙になおも絵を描こうと躍起になっていた楓が、目を見開く。

久瀬が、楓を叩こうと振り上げていた手で、力いっぱい抱き締めたから。

「すまない……」

『……くう、たん？』

「すまない……こんな辛い思いをさせて……本当に、すまないっ」

声は、滑稽《こっけい》なほどに震えていた。しかも、目からは涙が溢れ出て……涙？

（……泣いて、る）

久瀬が……最近ようやく、かすかに微笑えるようにはなったが、まだまだ感情表現が希薄で、楓から時々「てれびにでてくるさいぼーぐみたい」とまで言われていた久瀬が、

「でも、無理……なんだ。どんなに、考えても……君のためには、こうするしか……くっ」

嗚咽《おえつ》で言葉が紡げぬほどに、泣いている。

楓も驚いたようで、ぽかんと口を開いて呆気に取られていたが、またくしゃりと顔を歪めて、

『く、くうたん……ないてるぅ……。くうたんが……あああ』

久瀬にしがみつき、泣きじゃくり始める。

きっと、分かったのだ。久瀬でさえ、もうどうしようもなくて……楓と別れるのは、子どものように泣くほど辛いことを。だから、泣いて……ああ。

気がつけば、莞介も二人の許に駆け寄って、二人に抱きつき泣いていた。

これまで皆で過ごした四年間が、怒涛のように押し寄せてくる。

それら一つ一つが、自分が思っていた以上にずっとずっと大切で、幸せなことだったのだと、今更思い知って窒息しそうになる。

「かんたん」としがみついてくる、この愛しいばかりの存在と、別れたくなんかない。ずっと一緒にいたい。そんな願望が血飛沫《ちしぶき》のように噴き出す。でも。

不意に、右手を握りしめられた。久瀬の手だ。痛みを覚えるほど、縋りつくようにきつく。

その感触で、改めて気づく。楓を失っても、自分には久瀬がいると。

だから、意を決し、その手を振り解いた。代わりに……楓の手首に結んでいた鈴を外し、久瀬の手に握らせてやって、

「……ありがとう」

心からそう言って、ちゃんとお別れをすることを許してくれた疾風に、楓を差し出すことができたのだ。

その後、莞介たちは、楓を久瀬に逢わせるために、囮《おとり》になって逃げ回っていたくしゃみと合流し、魔法陣で早々に東京へ帰った。

これ以上楓と一緒にいて、決心が鈍るのが怖い。なんて……そんな危惧を抱くほどに、疾風に楓を返した瞬間に襲ってきた喪失感がすさまじかった。

ちょっとでも気を抜くと、涙が込み上げてくるほど。

だが、そんな莞介よりも、久瀬のほうが重症だった。

久瀬は終始無言だった。先ほど感情を爆発させて号泣《ごうきゅう》したことなど嘘のように、生気の抜け落ちた人形のごとくぼんやりしたまま。

その常ならぬさまが実に危うげに見えて、気が気でなかった。

そして、昨夜取ったホテルの部屋に戻った時。ナツメが口を開いた。

「さてと。ひとまずみにゃ休まぬか？　全員昨日から一睡もしていにゃいからにゃ」

確かにそのとおりだということで、いったん仮眠を取ることになったのだが、

「久瀬。先ほどのこと、ふうちゃんに悪いことをしたにゃどと、努々《ゆめゆめ》思わにゃいように」

莞介に連れられて寝室に向かおうとした久瀬の背に、ナツメはそう声をかけた。

「あれで、よかったのである。お前が本当の気持ちを全部さらけ出したから、ふうちゃんは納得できた。あのいけ好かぬ父親も、他の草間天狗たちだって、ふうちゃんを悪くは思わにゃい。お前たちの別れを邪魔しないで、最後まで見守ってくれていたのだから」

「……ナツメさん」

「久瀬は、にゃにも悪いことはしていにゃい。お前も莞介も、ふうちゃんのためにできる限り

のことをした。胸を張ればいい。少なくとも、吾輩は二人を誇りに思う！」

四年間、お疲れ様でしたのである！

明朗な声でそう言うナツメに、あくびたちも同意するように啼いて、それぞれ肉球でぽんぽんと莞介と久瀬を叩いた。

その刹那、久瀬の目にようやく生気が戻った。

「……ありがとう、ございます」

ナツメたちの頭をそれぞれ撫でて、久瀬が掻くそう言うと、ナツメたちは「うむ！」と頷いて、駆けていってしまった。

そんなナツメたちの気遣いに、莞介の胸は熱くなった。

「そうだ、久瀬。ナツメさんの言うとおりだよ。お前は、何も間違ってない。だから……わっ」

いきなり腕を掴まれたかと思うと、強く引っ張られた。

「久瀬っ？　な、何……んんっ？」

寝室に引っ張り込まれ、ドアが閉まるなり唇に噛みつかれる。

「く、ぜ……ぁっ。な、んで……は、ぁ」

口内を貪られながら、体をまさぐられる。あまりにも突然で性急な愛撫に戸惑って、とっさに身を捩ったが、

「……相楽っ」

「……っ！」

こちらを見つめてくる熱く狂おしい視線と視線が絡まり、掠れた声で名を呼ばれた途端、身の内に痺れるような衝撃が走った。

それが一体何なのか、莞介には分からなかった。でも、久瀬の濡れた目に見つめられていると、何だか無性に久瀬がほしくなってきて、気がつけば――。

「久瀬……久瀬っ。んんぅっ」

自分からも久瀬にしがみつき、舌を差し出していた。

舌が絡み合った瞬間、二人の中で何かが完全に壊れたようだった。

口づけを解くことなく、もつれ合うようにしてベッドに雪崩れ込むと、乱暴に脱がせ合う。

力任せに引っ張ったせいで破れて、ボタンが飛んでも全く気にしない。

会話もなく、ただ……暴いた素肌にむしゃぶりついて、肌を、四肢を絡め合う。

相手の感触や温もりがほしくて、それこそ夢中で。

しかし、触れれば触れるほど、感じれば感じるほどに、もっとほしく……切なくなるばかり。

少しでも、触れ合った箇所が離れることが寂しい。許せない。

だから、下肢ばかりを愛撫し始める。

今よりもっと、もっと……深い結合を求めて。そして。

「！　ぃっ……あああっ」

挿入と同時に感じた、鋭い痛み。解すのが、足りなかったのだ。

こんなこと、初めてだった。けれど、今は……その痛みが最高に良かった。

「く、ぜ……う、ごいて……ぁ。もっと、奥まで……ああっ」

もっと、乱暴に求めてほしい。

こちらを気遣う余裕もないほど……いつも愛おしく思う、溢れるばかりの優しさも置き去りにするほど。そうじゃないと……っ。

「久瀬っ、く、ぜ……は、ぁっ……んんぅ」

今までで一番貪欲に、浅ましく、久瀬を求める。

激しく腰を動かす久瀬に合わせ、自身も懸命に腰を動かし、擦りつけながら、久瀬の唇に噛みついて……。

そんな莞介に久瀬は引くこともなく……むしろ、莞介以上に激しく、莞介の体を貪ってきた。

そのことにまた恐ろしいほどに感じて、いつしか我を忘れ、互いに獣のように求め合った。

どちらかが限界を迎え、精を吐き出しても……何度も、何度も。そして。

「はぁ……はぁ……相楽」

何度目か分からない、二人同時の射精直後、久瀬が初めて言葉を発した。

目を開くと、ひどくぼやけた視界いっぱいに久瀬の顔があった。

その顔には、二人で射精した直後だと言うのに、まだ物足りなげな……寂しそうな表情が浮

かべられている。

それが何を意味しているのか量りかねていると、久瀬は莞介の頬を掌で包み込んできた。

「君がいなかったら……俺はきっと、楓の手を離せなかった」

「それは……俺も、だよ」

この子の手を離しても、自分のそばには久瀬がいてくれる。そう思えてようやく、楓を手放す決心ができた。もし久瀬がいなかったら、絶対に無理だった。

「ふうちゃんを、育てるのもそうだったけど」

俺のそばにいてくれてありがとう。そう言ってしがみつくと、久瀬はきつく抱き締め返してくれた。その全身を包む温もりにほっと息を吐いていると、

「君だけは無理だ」

耳元で囁かれたその言葉。

「君だけは、何があっても……君を不幸にすることになっても、絶対に離さない。離せない」

「！　久瀬……っ」

「これからも、そばにいてくれ」

いつまでも、ずっと。

顔を上げ、真っ直ぐに真摯な瞳を向けながら、そう告げてくる。

莞介は二、三度、目をぱちぱちさせた。そしてようやく、久瀬の言葉を咀嚼できた途端、両

手で顔を覆ってしまった。

「相楽？　どうした……」

「久瀬、俺の心の中、見えるの？」

「え……」

「どうして、いつも……俺がほしいって思う言葉……くれるの？」

消え入りそうな声で尋ねる。その問いに返事はなくて、代わりにまた息を呑む気配が落ちてきたので、莞介は小さく息を吸い、顔から手を離して久瀬の顔を見上げた。

「俺も、思ってた。もし、久瀬の幸せのためって言われても、久瀬だけは絶対、諦められない」

「相楽……」

「だって……久瀬だけなんだよ。どんなに辛いことや哀しいことがあっても、久瀬がいてくれるならいいや。幸せだって思わせてくれるの。だから今……ふうちゃんと別れてすごく寂しかったり、久瀬が誤解されたままなのが悔しかったりするけど、それでもすごく幸せだ。こんなに近くに、お前がいるから」

「……っ」

「こんな俺と、これからも一緒にいたいって言ってくれてありがとう。それから……んんっ」

言葉を、口づけで取り上げられてしまう。

まだ話の途中だと言っても、久瀬はいよいよ情熱的なキスをして、ぎゅうぎゅうと抱き締めてくるばかりで……全く。まだ話の途中なのに。

(言いたかったのに。俺、頑張るよって)

久瀬と比べるのもおこがましいくらい、駄目なところばっかりの情けない自分だけど、久瀬がいつまでも一緒にいたいと言ってくれるなら、自分は生涯頑張り続ける。

いまだに、両親の呪縛に囚われ、苦しんでいる心を癒やし、ちょっとでも多く幸せにできるように、久瀬にときめいて高鳴ってばかりのこの心臓が止まるその瞬間まで……楓に向けようと思っていた力も注いで、全力で。

(久瀬になら、許してくれるよね？　ふうちゃん)

もう二度と逢えない、愛しい存在に胸の内で詫びながら、莞介は久瀬の背に腕を回した。

＊＊＊

しばらくの間、クゼカンパニーは内外ともにごたごたが続いた。

東京支社の社長が自宅で襲撃されるわ、青森支社で山神の祟り騒動が起こるわと、とんでもない事件が多発したせいだ。

東京支社長襲撃事件については、窓ガラスの老朽化による不運な事故として片づけられたので、そこまで大した騒ぎにはならなかったが、青森支社のほうはそうはいかなかった。山の突き崩し工事のために用意されていた重機十台に、立て続けに雷が落ちたのだから無理もない。

おまけに当日、青森にいるはずのない東京支社長が現れて工事中止を迫り、落雷騒動が起こると同時に山の中へと姿を消した事件まで起こったものだから、話は余計に大きくなった。

東京支社長の偽物は山神の化身で、最初は話し合いで穏便に工事をやめさせようとしたが、人間が言うことを聞かないから怒って、雷を落としたのでは？

莞介の漫画がアニメ化され、妖怪ブームが巻き起こっていたこともあり、皆まことしやかにそう噂し合った。

そして、調べてみれば、青森支社では費用をけちって、本来行わなければならない寺社仏閣の取り壊し手順を踏んでいないことが露呈。世間から大バッシングを受けた。さらには、芋づる式に脱税、収賄などの犯罪が次々と暴かれたものだから、騒ぎはさらに拡大。

久瀬はこの騒動に、微妙な立ち位置ではあるが関係者ということで関わり、草間天狗たちの山がそのまま保全されるよう尽力した。

本来の業務に加えてのことなので、仕事は多忙を極めた。

その上、義家族から「お前が代わりに罪を被って正春を庇え」などと滅茶苦茶な要求をされ、拒めば「やはり、あの汚らわしい連中の子ども！」「私たち家族を不幸にする疫病神！」と、かなりの嫌がらせをしてきた。

いまだに、両親の件で責められ続けることも、こんな連中の仲間とみなされ、楓と完全に関わりを絶たなければならなくなったことも、やるせなくてしかたなかったが、楓の未来のために負けるわけにはいかないと己を鼓舞し、冷静に叩き潰した。

そして、季節は巡り、桜の木々が満開を迎え始めた、とある春の昼下がり。

キッチンから、甘く香ばしい匂いが漂う。久瀬がオーブンで焼いていたタルト生地が焼き上がったのだ。

その匂いを胸いっぱいに吸い込み、テーブルに座っていた莞介やナツメたちはうっとりと溜息を吐いたが、久瀬が焼きたてのマフィンサイズのタルトが並ぶ網をテーブルの上に置いた途端、歓声を上げげた。

「久瀬！　これ、こんがり焼けててすごく美味しそう！　食べていい？」

「うむ！　吾輩も食べたい！」

「ばうばう！」

我先にと身を乗り出して言う莞介たちに、久瀬は薄く笑った。

「嬉しいが、せっかくだからこれを載せてから食べてくれないか？」

と、今度は林檎や苺、ラズベリーなど色とりどりの果物が載った皿を置いてやると、莞介たちはますます目を輝かせた。

「すごい！　これ、全部載せるのっ？」

「好きなものを好きなだけ載せればいい。そのために、一人用サイズの大きさで作ったからな」

そう言ってやると、あくびとくしゃみなどは風切り音が聞こえてくるほど尻尾を振って喜び、どれを載せようか皆で額を突き合わせて真剣に悩み始めた。

そのさまを見て、久瀬は眼鏡のフレームに指先をやりつつ、ますます笑みを深めた。

こんなに喜んでもらえるなんて、作った甲斐があった。

でも……タルトを見ていると、タルトの画像を夢中で指す、宙に浮くクレヨンや、久瀬と楽しそうにタルトを作っている、翼の生えた男の子の絵が自然と思い出されて、つい――。

「ふうちゃんを思い出してるの？」

不意に投げかけられた問いに顔を上げると、莞介が静かに笑いながらこちらを見ていた。

「……分かるのか？」

「うん。疾風さんが来る前日、ふうちゃん、久瀬とタルトを作って食べたいって言ってたから」

「……ああ。だから、君の連載完結祝いと、工事中止祝いのために作るケーキは、タルトしかないと思った」

そう……これは、祝いのためのケーキ。

先日、久瀬の努力が実り、草間天狗たちの山の開発計画が正式に凍結されたことと……莞介が四年間描き続けてきた「天使（?）のふうちゃんすくすく日誌」の完結を祝うための。

出版社からは、かなり止められたらしい。アニメ化されるほど好評なのに、なぜこのタイミングで突然、しかもこんなに悲しい終わり方をさせるのかと。

だが、莞介は反対を押し切り、事実を描き切って、漫画を完結させた。

架空のキャラクターだと思っているにしろ、楓の成長を温かく見守ってくれ、たくさんの有益なアドバイスをくれた読者に、事の顛末《てんまつ》を知らせる義務があるからと、楓と別れたこの四カ月間、一心不乱に。

それは、やり場のない楓への溢れる想いを昇華させる作業でもあった。久瀬が、草間天狗たちの山を守るために奔走したように。

その甲斐あって、漫画は渾身《こんしん》の仕上がりとなった。最終回をネット上に載せて、数日経った今でも、「いいね」やコメントが絶えず寄せられてくるほど。

その成功を祝うのだから、楓が作って食べたいと言ったタルト以上に相応しいものはない。

そう思って、作ってみたのだけれど、やっぱり――。

「ここに、ふうちゃんがいたらにゃあ」

胸の内で密かに思っていたことをナツメが口にしたものだから、久瀬は小さく息を詰めた。

「ば、ばうばう！」

「にゃ？　余計にゃことを言うにゃだと？　ふん！　みんにゃ思っていることではにゃいか。久瀬のおかげで山は助かったのだぞ？　それにゃのに、まだあのグジグジ社長の仲間だと、久瀬を悪く思うにゃんて、思い込みが激しいにも程がある。読者も言っていたではにゃいか。天狗どもは心が狭くて……」

「ナツメさん」

やんわりと窘《なだ》めるように莞介が言う。

「草間天狗さんたちを悪く言うのはよそうって決めたじゃないですか。そんなことしてたら、いつまでも、ふうちゃんは幸せにやってるって安心できないって」

「うー！　しかしにゃ」

「それに……誰だってあるじゃないですか。頭では分かっていても、心ではどうしようもないこと。あの人たちが特別、心が狭いってわけじゃない」

それは、まるで自分に言い聞かせるような口調だった。

きっと、莞介自身もいまだに納得できていない気持ちを抱えているのだろう。

かく言う自分もそうだ。

彼らの怒り、悲しみは十二分に理解しているが……血が繋がっているというだけで同類とみなされることへの怒りも、何をどうしようが分かってもらえない虚しさも、どうやったって消えない。

楓を失った哀しみがあまりにも大きく、四カ月経った今もまるで癒えないだけになおさら。

しかし、だからこそ、この苦しみを楓に味わわせなくないと思い……あの両親やクゼカンパニーの社長という外的なものではなく、久瀬自身を見、受け入れ、好きになってくれた人たちがこうしてそばにいる幸せに感謝し、大切にしなければならないと思うのだ。

今のような……もっと色んなことをしてやりたかった。大切にしてやりたかった。という後悔を莞介たちに対しても抱かないためにも。

楓に食べさせてやれなかったタルトを見つめ、そう思った時だ。

「それが、たるととというものか？」

突然耳に届いた、聞き覚えのない男の低い声。

弾かれたように顔を上げると、開け放たれたドアの先に、男が立っていた。

長身でがっしりとした体躯に纏った山伏の衣装。背中に生えた黒い翼。楓と同じ柔らかな癖っ毛。そして、自分と同じ顔。この男は……！

「疾風さんっ？　どうしてここにっ」

（……疾風。じゃあ、この男が……楓の父親？　でも）

莞介の言うとおり、どうしてここに？　そして、どうしてこの目に見えて、声が聞こえた？

霊感の欠片もない普通の人間である自分には、不可能のはず。

呆然と立ち尽くす久瀬を見て、疾風は小さく頷いてみせた。

「……よし。成功だな」

「せ、成功？　にゃにかの実験か？　我々ににゃんの断りもにゃく？　相変わらず無礼で、いけ好かぬ輩である……」

「ここへ来たのは他でもない」

全身の毛を逆立てるナツメを無視して、疾風は今度は莞介へと目を向けた。

「あの読み物を読んだ」

「……読み物？」

「『天使のふうちゃんすくすく日誌』」

突如疾風の口から飛び出したその単語に、皆ぎょっと目を剥いた。

「え？　え？　あ、あれ……読んでくれたの？」

「ああ。最終回まで全部。泣いた」

「最終回まで……というか、泣いたっ？」

素っ頓狂な声を上げる莞介に、疾風は真面目くさった顔で深く頷く。

「奏の様子から、お前たちが奏を大事にしてきたと分かったつもりでいたが、あそこまで真剣に、一生懸命奏を慈しんでくれていたとは思わなかった。感動した」

飾りけのないストレートなその言葉に、莞介は勿論、久瀬もどぎまぎした。

あの疾風から、そんなことを言ってもらえるなんて。

やっぱり……相楽の漫画はすごい！　と、感嘆していると、疾風は続けてこう言った。

「だからこそ、改めて思った。やっぱり、こんなことは間違っていると」

「こ、こんなことって……」

「お前たちを一族の仇と断じ、奏から引き離すことだ」

さらりと言われた言葉に、久瀬と莞介ははっとした。

「お前の養い親の誤解を解くために頑張ってみようと思う。そう言うと、奏は喜んでくれた。自分も手伝う。頑張ると言ってくれた。まあ、あの読み物を読ませれば皆すぐ分かってくれたから、大した苦労はなかったが」

「ほ、他の皆にも読ませたのっ？　あの漫画……」

「全員に読ませた。皆、号泣していた」

皆、口をあんぐりさせた。疾風が久瀬の誤解を解こうと動いてくれたことも驚きだが、その方法が莞介の漫画を読ませることで、しかも効果覿面《てきめん》なんて……！

（本当に、相楽の漫画はすごいな……）

と、久瀬がますます感嘆していると、

「だが、頭の硬い長老連中がなかなか首を縦に振らなくてな。説得が長引いてしまったが、今回の工事中止の報せでようやく折れた」

瞠目した。工事中止の報せで、ようやく？　ということは……と、そこまで考えたところで、莞介が飛びついてきた。

「やったぞ、久瀬！　皆お前を分かってくれたって！」

「分かって、くれた……？　俺を？　本当に……」

「そうだよ！　お前がすごく頑張ったから……お前の気持ちが届いたんだ！」

興奮気味に莞介は言ったが、久瀬は何も言えなかった。

何もかも、信じられない。

久瀬の知っている世界は、決して久瀬自身を見てはくれない。

自分勝手でふしだらな両親の間に生まれた、忌まわしい子ども。資産家である久瀬家の人間。そういうふうにしか見てくれない。久瀬がどんなに訴え、どんなに頑張ったって、そう。

それなのに、どうして……自分はいつの間にか、知らない異世界に迷い込んでしまったのか？

そんなことを本気で考え、立ち尽くしていると、

「奏も、頑張った」

疾風が再び、こちらに顔を向けてきた。

「皆の説得もそうだが、稽古も一生懸命よくやっている。空の飛び方は勿論、術も……最初にどんな術を習いたいか訊いたら、こう言うんだ。人間にも姿が見えて、声が聞こえるようになる術が習いたいと」

心臓が、止まりそうになった。

「そんな術、誰も使ったことがないし知らないから、存在しないと思っていたが、書物を読み漁ってみたらあった。だから、二人で練習して……なあ？」

奏。そう言って、疾風は自分の腰のあたりに目を落とした。

つられて目をやると、そこには……背後から、疾風の袴《はかま》を握りしめる小さな子どもの手が見えた。その先には、忙しなくぱたぱた動いている小さな翼。

「ふ、ふうちゃん……？　そこに、いるの？」

莞介が掠れた声で尋ねると、小さな翼も子どもの手も、疾風の陰に引っ込んだ。

しかし、すぐ……ふわふわの癖っ毛頭が、何度も出ては入ってを繰り返す。そのさまを見て、

疾風は片眉をつり上げた。

「奏。男なら堂々と振る舞え。女々《めめ》しい男は嫌われるぞ」

小さな翼がピンッと勢いよく飛び出す。

「嫌なら、いい加減覚悟を決めろ」

疾風が続けてそう言うと、張り詰めたように広げられていた翼が、しなしなと萎れるように疾風の陰に戻っていった。

そして……恐る恐るといったように、山伏の格好をした小さな男の子が身を竦めながら出てきた。

ふわふわの癖っ毛頭。ふっくらとした赤いほっぺ。くりっと大きなどんぐり眼。

何千回、何万回と莞介が描いてくれた可愛い男の子……いや、それ以上に。

「く、くうたん……ふ、ふうだよ？」

緊張のあまり潤んだ瞳を揺らしながら、男の子……楓が上擦った声でそう言った。

……びっくりするくらい、可愛い声だ。

「あ、あのね……ぼく、かんがえたの。くうたんとかんたんが、どんなにがんばっても、ぼくといっしょにいるのがむりなら……ぼくがもっと、がんばればいいって」

「……！」

「ぱぱもね、ぼくががんばるなら、いっしょにがんばるって、いってくれたの。それでね……えっと、ぼく、がんばったの。まずは、くうたんたちに、めんどうくさいこと、させないように、こうちて……くうたんに、ぼくのこと……みて、もらえるように……うう」

自分の袴を握りしめて、一生懸命声を振り絞っていた楓が、叱られたようにびくりと体を震わせ、ますます身を縮めて俯いた。それからまた、恐々目だけ上げて、

「やっぱり……ぼく、かわいくなかった？」

そんなことを訊いてきた時にはもう、体が勝手に動いていた。

「……可愛い」

急いで駆け寄り、抱き締めて……噛み締めるように言った。

「ほ、ほんと……？」

震える声で念を押してくるので、体を離し、ぷっくりとしたほっぺを両手で包み込んで、

「ああ。こんなに可愛い子、見たことない」

不安で揺れる瞳を真っ直ぐ見据えて言い切ってやる。楓は大きな目をぱちぱちさせていたが、不意に顔を真っ赤にしたかと思うと、翼を羽ばたかせ、ふわりと宙に浮き上がった。

「かんたん、かんたん！　かんたんのいうとおりだった！　くうたん、こんなにかわいいこ、みたことないっていってくれたあ！」

嬉しそうに叫んで、莞介の腕に飛び込む。

莞介はびっくりしたように目を丸くしたが、すぐに破顔して、楓を抱き締め、その場でくるくる回り始めた。

「はは！　だから言ったじゃないか。ふうちゃんは世界で一番可愛いって！　可愛くて……可愛くて……」

そこまで言って、莞介は回るのをやめた。それから改めて楓を抱き締めて、

「ありがとう……ありがとう、ふうちゃん。俺、ふうちゃんにすごく逢いたかった」

震える声でそう言うと、楓も莞介にしがみついた。

「うん……ぼくも……ぼくも、かんたんたちにあいたかったああ。あああ」

久しぶりに大好きな莞介に抱き締められて気が緩んだのか、楓が声を上げて泣き始めた。そ

れを見て、ナツメたちも「吾輩も逢いたかったああ」と泣きながら、楓を抱っこした莞介にしがみつく。

その光景を、疾風は黙って見守り続ける。ただ、見つめる表情が何とも複雑そうな色を浮かべているように見えたものだから、

「……いいんですか？」

思わず尋ねた。疾風は眉を顰めるばかりで何も言わず、こちらを見ようともしなかった。しかし少しの間を置いて、

「俺も、あの子にはできる限りのことをしてやりたい」

そう言った。それから、小さく息を吸ったかと思うと、こちらを向いて、

「どうか、これからも奏を頼む」

深々と頭を下げてきた。その姿にまたも衝撃を受けていると、ぐぅうう！　という大きな音があたりに響いた。この音は……。

「ぷっ！　今の音、ふうちゃんのお腹の音？　はは、相変わらず大きい音だなあ」

泣き顔で噴き出しながら莞介が言うと、楓が顔を真っ赤にしてぽっこりお腹を両手で押さえてもじもじした。その姿にそれまで泣いていたナツメたちも「ふうちゃんは相変わらずの食いしん坊である」と笑う。

「それ、ナツメさんたちだけには言われたくないと思いますよ？　……あ！　そうだ。久瀬、

ふうちゃんたちにもタルトを食べてもらお……」

「たるとおっ？」

　莞介が言い終わらないうちに楓が叫んだ。

「そうだよ？　今から皆で作ろうとしていたんだ。ふうちゃんも一緒に作ろう。疾風さんもどうです？」

「！　いや……俺は……っ」

　突然振られて面食らう疾風の胸に、楓が翼を羽ばたかせて飛び移った。

「ぱぱ！　ぱぱもいっしょにちよう！　くうたんのけーき、すごくおいちいんだよ」

　そう言いながら、疾風をテーブルへと引っ張っていく。その姿に笑いながら、莞介がこちらに近づいてきた。

「よかったな、久瀬。ふうちゃんたちと一緒に食べられて……」

「相楽。これは、夢だろうか」

　ありえないことばかりが、目の前で起こる。夢心地でそう言うと、莞介は目をぱちくりさせた。しかし、すぐに笑って久瀬の手を握ってきた。

「夢じゃないよ。現実だ。ここにいる皆が、頑張って作った景色だ」

「皆が……作った？」

　掠れた声で訊き返すと、莞介が深く頷く。

「そうだ。それで……きっとこれからもっと素敵な景色を作っていけるよ。そしたら……はは」

莞介が突然笑い出した。どうしたのかと尋ねてみると、

「名前どおりだと思って」

「……名前？」

「『千景』」

返された言葉にはっとした。そんな久瀬に、莞介は笑みを深める。

「いい名前だと思うよ？　たくさんの綺麗な景色を見て幸せになる……うん、お前にぴったりだ」

そう言って笑う莞介は、初めて出会ったあの時と同じく、天使そのものだった。

その……見ているだけで心がぽかぽかと温まっていく笑顔を見つめながら、思う。

……ずっと、自分の名前が嫌いだった。

大好きな莞介と同じ世界を見ることができないのに、大好きな楓を見ることも声も聴くこともできないのに、千景だなんて皮肉にも程がある。

きっと、何も考えず適当に名づけられたからだ。自分は両親にとってその程度の存在なのだと、この名前を見ると、嫌なことばかりが頭に浮かぶ。そして、見たくなくても一生ついて回ってくる。

実の姉の夫を寝取って生まれた、忌まわしい汚い子どもというレッテルとともに。

気持ちが荒む一方だった。親の因果が巡り巡って、泣く泣く楓を手放す事態を引き起こした時などは余計に。

それなのに、莞介に「お前にぴったりのいい名前だ」と言われた今はどうだ。

よくよく思い出してみれば、莞介の言うとおり、自分は美しい景色をたくさん見せてもらってきた。

莞介に……楓に……ナツメたちに、数えきれないほど。

そして今、こんなにも幸せに満ちた世界が目の前にある。

だったら確かに、莞介の言うとおり……この名前のとおり、幸せだ。

そう思うと、なぜだろう。心がひどく軽くなった気がした。

それがどういう作用によるものなのか、よく分からなかったが……まあ、いいか。

自分は今、莞介たちのおかげでとても幸せだ。今は、それを噛み締めよう。

「かんたん、くうたん！　はやくたるとつくろう！」

「うん、分かった！　行こう、久瀬。ふうちゃんが呼んでる」

「……ああ」

握った手を引く莞介とともに足を踏み出し、幸せな景色に溶けていきながら、久瀬は思った。

ぼくのパパとママ

数えきれない星が天に瞬く、とある夏の夜のこと。

「『出席番号五番、桃栗山の奏《かなで》君』」

「は、はい！」

莞介《かんすけ》の呼びかけに愛らしい男の子の声が、久瀬《くぜ》家の広いリビングに響き渡る。

今年の春からてんぐ学校に通い始めた楓《ふう》……もとい奏の声だ。明日、学校で作文発表会があるから、練習のため皆に聞いてほしいと言われ、快く引き受けたのだ。しかし――。

「ぼ……『ぼくのパパ。てんぐ学校一ねん一くみ、かなで。ぼくには、二人のパパがいます。一人は本当のパパ。いつもきびしくてぶすっとしててこわいけど、とってもかっこいいし、いろんなことをたくさんおしえてくれます。じゅつができたら、あたまをよしよししてくれます。もう一人のパパは、かんたん。とってもやさしくて、いつもにこにこわらってて、たくさんあそんでくれます。ぼくはそんな二人のパパが大すきです』……はぁぁ」

緊張で、背中の翼を忙しなくぱたぱたさせながらも、両手で高々とかざした作文を元気よく読み上げた奏は、大きく息を吐いた。それからすぐ、見守っていた莞介たちへと顔を向け、

「ど、どうだったかな？　ぼく、ちゃんとはっぴょうできてた？」

顔を紅潮させ、上擦った声で訊いてくる奏に、莞介は我に返ったように目をぱちぱちさせた。

「へ？　あ……ああ！　すごくよくできてたよ、かなちゃん。声は大きかったし、言葉を一つ一つ丁寧に読んでいたから、とっても聞きやすかった」

「う……うむうむ。背筋もぴんっと伸びて、格好良かったのである」

莞介とナツメがそう言ってやると、奏はいよいよ顔を赤くして、ぱたぱた宙に浮きあがった。

「ほ、ほんと？　へへ……じゃ、じゃあ！　作文は？　ぼく、上手に書けてたかな？」

「そ、それは……うん。俺のこと、あんなふうに書いてくれてすごく嬉しい……んだけど」

莞介はナツメと顔を見合わせた後、ぎこちなく視線を隣へと向けた。そこには案の定、表情を引きつらせたまま固まっている久瀬の姿があったものだから、さぁっと血の気が引いた。

やはり、自分だけ作文に書いてもらえなかったことに相当ショックを受けている。

無理もない。そしてそれは、久瀬当人だけでなく、莞介たちだって同じこと。

久瀬は奏を拾ったあの日からずっと、奏に惜しみない愛情を注いできた。莞介たちはずっとそれを見てきて……奏だってよく分かっているはず。それなのにどうして！

ショックで何も言えないでいると、それまで黙っていた疾風《はやて》が硬い声で奏の名を呼んだ。

「俺はともかくとして、どうして莞介のことを書いておきながら、久瀬のことは書かなかった」

依然固まっている久瀬をちらりと一瞥しつつ、険しい表情で尋ねる。

皆で奏を育てていこうと決めて一年半。疾風も、久瀬の奏への献身を直接見続けてきただけあってか、憤りを覚えてくれたらしい。

とてもありがたいことだ。だが、当の奏は不思議そうに首を傾げるばかり。

「え？　くうたん？　なんで書かなきゃいけないの？　くうたんはママなのに」

「なんでって……お前はいつも久瀬にどれだけ世話になっていると……は？　ママ？」

思わずといったように訊き返す疾風に、奏が大きく頷く。

「うん！　だってね、せんせえがおしえてくれたんだあ。毎日、おいしいごはんやおかしを作ってくれて、かっこいいおようふくやおどうぐかばん作ってくれて……そういう人がママなんだって！　だから、くうたんはママなの！」

その場にいた全員がきょとんとした。しかしすぐ、誰ともなしに盛大な安堵の息を吐いた。

（なんだあ。そういうことかあ）

心の底からほっとする。すると……奏にパパとして作文に書いてもらえたことへの幸福感が、じわじわと莞介の胸に広がり始めた。

実の父親である疾風と同列に書かれてもいいものなのか？　とか、パパが二人もいる作文を学校で発表するのはどうなんだろう？　とか思わなくはないが、嬉しいものは嬉しい！　と、喜びを噛みしめていると、ナツメが「うーん」と小さく唸った。

「姿だけなら全然違うが……確かに、言われてみれば、久瀬はママである。飯も服もそうだが、にゃんというか気遣いが細やかであったかくて、まるで今は亡き母様のよう」

そう言って、両の目を細めるナツメに、そばで聞いていたあくびもくしゃみも、あかべこのように頷く。その上、さりげなくだが、疾風も小さく頷くものだから莞介はぎょっとした。

あの疾風さえも認めるなんて……まあ、分からないことはない。久瀬の気遣いの細やかさは、自分が一番よく知っている。でも……と、思いつつ、再度久瀬の顔を見た。目を見開く。こちらを見つめる久瀬と目が合ったから。

「相楽。君も、俺がママだと思うか？」

淡々とした口調で訊いてくる。でも、表情はそこはかとなく不機嫌そう。男なのに、皆からママ、ママと言われて、男としての矜持が傷ついたのだろうか？

「はは。そんな顔するなよ……っ」

別に、悪い意味じゃないんだから。と、続けようとした口を閉じる。不意に、久瀬が顔を近づけてきたのだ。そして、耳元に唇を寄せて、

「皆にママだと思われるのは構わないが……俺は、君に対してだけは、いつも……いつまでも、男でいたい」

ほとんど吐息だけで……ベッドの中で聞くのと同じ声音で、そう囁いてくるではないか。

瞬間、全身の血液が爆発したのではないかと思うほどの衝撃が走った。

自分は今、どんな表情を浮かべているのだろう。分からないが、顔を離し、こちらを覗き込んできた久瀬の切れ長の目が、愉悦に細められる。

その野蛮で熱っぽい眼差しも、あの時と全く同じ。顔が、いよいよ熱くなる。

「……あれ？　かんたん、どうしたの？　おかお、まっかっか……」

「奏」

びっくりした顔で駆け寄ってきた奏に、久瀬が向き直る。

「作文、とてもよく書けていた。ママの作文の時も楽しみにしてる」

「え。ほんとっ？」

奏が目を輝かせ、久瀬に駆け寄っていく。

それに素知らぬ顔で応える久瀬を見て、莞介は胸の内で唸った。

久瀬という男に惚れ抜いている自分に、ママになんて見えるはずがない。そんなこと、久瀬が一番分かっているくせに、こんな……こんな！

久瀬の意地悪！　と、思わなくもなかったが……いつも、いつまでも男として愛してほしいと甘く強請ってくる、愛してやまない男と、

「うん！　ママの作文の宿題がでたら、くうたんのこといっぱい書くからね！」

自分たちをパパやママだと思ってくれる、実の我が子のように愛おしい子。それから、

「『ぼくのかぞく』って宿題が出たら、なったんたちのことも書くからね！」

ひとつ屋根の下にともに暮らす、大好きな人たち。

皆、ここにいる。皆、微笑い合っている。

（……うん。俺は、幸せだ）

これまで何百回、何千回と思ったことを、今日も改めて思った。

あとがき

ダリア文庫様でははじめまして。雨月夜道と申します。このたびは、拙作「溺愛社長と子育てスケッチ」を手にとってくださり、ありがとうございます。

今回のお題は、ずばり「幼馴染社長と子育て」でした。

で、「どうせなら、ケモミミとかがついたりした可愛い赤ちゃんがいい！　でも、ケモミミなら妖怪だよね？　……もし、霊感ゼロの人が育てることになったら？」と、つらつら考えているうちに、今回の話ができました。

できることとできないことが正反対の二人は、これからも互いを補い合いつつ、ふうちゃん親子やナツメさんたちとともに、数えきれないほど綺麗な景色を見ていくことでしょう。

今回イラストをつけてくださった明神翼《みょうじんつばさ》先生。皆が思わず溜息を吐いてしまうほど格好いい久瀬や、久瀬が天使と力説するのも納得の美人さん、莞介。ぷっくりほっぺがたまらなく可愛いふうちゃん。それから、つぶらな瞳ともふもふっぷりが可愛すぎるナツメ&狛犬兄弟に至るまでとっても魅力的に描いてくださいました。明神先生、ありがとうございました！

素敵なアイデアをたくさん出してくださった編集様も、赤ペン先生してくれた友人も感謝感謝です。最後にもう一度、この本を手に取ってくださった方に感謝しつつ、またこのような形でお会いできますことを祈って。

雨月　夜道

こんにちは、明神翼です☆
「溺愛社長と子育てスケッチ」、
もうっっキュン死寸前の可愛い
萌えいっぱいのお話で
何度もドキドキ、何度も
涙ポロポロしながら
楽しくイラストを描かせて
いただきました✿
く、久瀬のポロポロ泣く
シーン、イラストが描きたかっ
た――っっかわいすぎっっ
雨月夜道先生、とっても
素敵な心が震える
お話を本当にどうも
ありがとうございました――
――っっ！ 全キャラ大好きです♡

初出一覧

ダリア文庫をお買い上げいただきましてありがとうございます。
この本を読んでのご意見・ご感想・ファンレターをお待ちしております。

〒170-0013 東京都豊島区東池袋3-22-17　東池袋セントラルプレイス5F
(株)フロンティアワークス　ダリア編集部
感想係、または「雨月夜道先生」「明神 翼先生」係

溺愛社長と子育てスケッチ

2020年2月20日　第一刷発行

著　者

雨月夜道

発行者

辻 政英

発行所

株式会社フロンティアワークス
〒170-0013 東京都豊島区東池袋3-22-17
東池袋セントラルプレイス5F
営業　TEL 03-5957-1030
編集　TEL 03-5957-1044
http://www.fwinc.jp/daria/

印刷所

中央精版印刷株式会社